Walther von der Vogelweide
Lieder und Gedichte

Walther von der Vogelweide

Lieder und Gedichte

Aus dem Mittelhochdeutschen übertragen und herausgegeben von Richard Zoozmann

Anaconda

Der Text folgt der Ausgabe Walther von der Vogelweide, *Gedichte*. Berlin: Wilhelm Borngräber Verlag [1918]. Alle kapiteleinleitenden Illustrationen der Originalausgabe wurden übernommen, Orthografie und Interpunktion wurden modernisiert. Die Einrichtung des Textes übernahm Stephan Dohle, Konstanz. Nicht zum Abdruck gelangt die Einleitung von Richard Zoozmann, unterzeichnet »Berlin, Ostern 1907«. Die Kürzel im neu erstellten »Verzeichnis der mittelhochdeutschen Gedichtanfänge« am Ende des Bandes beziehen sich auf den Standort der Gedichte in der Lachmannschen Edition des Urtextes.

Die Deutsche Nationalbibliothek verzeichnet diese Publikation in der Deutschen Nationalbibliografie; detaillierte bibliografische Daten sind im Internet unter http://dnb.d-nb.de abrufbar.

Umschlagmotiv: »Der von Obernburg überreicht kniend seiner Dame ein Lied«. Buchmalerei aus der Großen Heidelberger Liederhandschrift (Codex Manesse), Zürich um 1310–1340, Cod. Pal. Germ. 848, fol. 342r.
Foto: akg-images, Berlin
Umschlaggestaltung: dyadesign, Düsseldorf, www.dya.de
Satz: paquémedia, Ebergötzen
Printed in Czech Republic 2011
ISBN 978-3-86647-607-3
www.anacondaverlag.de
info@anaconda-verlag.de

Inhalt

Vermischte Gedichte

Widmung

War einst ein fahrender Gesell,
Dem klang sein Saitenspiel so hell;
Wohin er setzte seinen Fuß,
Klang fröhlich ihm Willkommensgruß,
Doch seines Bleibens war nit lang! –
Er sagte schönen Habedank,
Und muntern Schritts mit Sang und Klang
Zog weiter bald durch Wald und Heide
    Herr Walther von der Vogelweide.

Für einen Kuss in Liebe heiß
Singt er der Minne höchsten Preis,
Der Frauenschönheit huldigt er.
Doch Frauentugend gilt ihm mehr,
Die er zu preisen stets gewillt! –
Des deutschen Weibes Ehrenschild
Umkränzt als schönstes Heil'genbild
Mit Blümlein hold und reiner Seide
    Herr Walther von der Vogelweide.

Sein Liebeslied im Dorfkrug klingt.
Wenn Bursch und Maid den Reigen schlingt;
Reich schöpft er aus der Weisheit Born
Und nimmt sich alt und jung aufs Korn,

Wo er im Herzen Falschheit sieht! –
Und schallt bei Hof sein Rügelied,
Sich manche Stirn in Falten zieht.
Doch sorglos lacht zu solchem Leide
Herr Walther von der Vogelweide.

Er scheut den Papst, den Kaiser nicht.
Sagt jedem Wahrheit ins Gesicht;
Und als des Reiches Ende naht,
Er klagt nicht nur, er weiß auch Rat
Und hofft auf Licht trotz Not und Nacht! –
Für Deutschlands Freiheit, Recht und Macht
Zieht keck in freier Geisterschlacht
Das Schwert entschlossen aus der Scheide
Herr Walther von der Vogelweide.

Und als sein letztes Stündlein kam.
Der Spielmann seine Harfe nahm;
In letzten Liedes letztem Klang
Sein Geist sich auf zum Himmel schwang,
Der ihm die Pforten öffnet weit! –
Von dort in junger Herrlichkeit
Herstrahlt auf Deutschland allezeit,
Ob ihn manch Finsterling uns neide,
Herr Walther von der Vogelweide!

Minnelieder

»Durchsüßet und geblümet
sind die reinen Frauen.«

Frühlingssehnsucht

Uns hât der winter geschadet über al

Winter allorts uns mit Schaden bezwang,
Kahl ist der Wald und die Felder sind blank,
Wo einst so lieblich manch Stimmlein erklang!
Würfen die Mägdlein erst Straßen entlang
Wieder den Ball, kläng auch Vogelgesang!

Könnt ich verschlafen im Winter die Zeit!
Wach ich indessen, so schafft es mir Leid,
Dass er sein Zepter so weit schwingt und breit!
Endlich besiegt ihn der Mai doch im Streit:
Blumen dann pflück ich, wo heut es noch schneit!

Winterverdruss

Diu werlt was gelf, rôt unde blâ

Die Welt man bunt und prangend sah,
Grün Wald und Anger fern und nah,
Die kleinen Vöglein sangen da,
Jetzt ruft die Nebelkräh ihr Krah!

Verfärbte sich die Welt etwa?
Grau ist sie allenthalben ja –
Viel Nasenrümpfens drob geschah.

Ich saß auf grünem Berg im Klee,
In bunten Blumen schritt das Reh;
Nun zwischen mir und diesem See
Ging alle Augenlust Ade!
Wo wir uns Kränze wanden eh,
Da liegt nun Reif und tiefer Schnee,
Der tut den armen Vögeln weh.

Die Toren lachen laut: Hihi!
Die Armen, ach, wie winseln sie,
Und tun mir leid, weiß keiner wie!
Drei bittre Sorgen hab ich, die
Der harte Winter mir verlieh;
Doch drückten sie mich nun und nie,
Wenn erst ein Frühlingsvogel schrie!

Eh ich noch länger lebte so,
Äß ich die Krebse lieber roh!
O Sommer, mach uns wieder froh.
Du ziertest Busch und Au, allwo
Beim Blumenspiel mein Kummer floh:
In Lust entbrannt ich lichterloh,
Da trieb der Winter mich ins Stroh!

Mit Esau lag ich träg in Ruh,
Mein glattes Haar ward rau im Nu;
Ach Sommerlust, wo weilest du?
Ich sah so gern dem Feldbau zu,
Und eh ich länger so vom Schuh

Mich drücken ließ, wie jetzt ich's tu,
Eh würd ich Mönch in Toberlu!

Ein Spiel mit fünf Vokalen, das vom Truchsess von St. Gallen und von Rudolf dem Schreiber nachgeahmt wurde. In der zweiten Strophe habe ich mir der Reinheit der Reime wegen einige Freiheiten gestatten müssen. Toberlu (Schönau) war ein berühmtes Zisterzienserkloster an der Dober, das heutige Dobrilugk, Niederlausitz.

Tagelied

Friuntlichen lac ein ritter vil gemeit

Kosend ein Ritter lag
In seliger Liebesnot
In seiner Herrin Armen
Und sah das Morgenrot,
Wie es durch Wolkenferne
Mit blassem Schimmer brach.
Die Frau bekümmert sprach:
»O weh dir, Morgenrot,
Dass du mich nicht beim Liebsten
Lässt länger selig sein.
Was sie da nennen Minne,
Ist eitel Herzenspein.« –

»Vielsüße Freundin mein,
Lass alle Traurigkeit:
Muss ich von dir auch scheiden,
Uns beiden schafft's kein Leid!
Des Morgensternes Schimmer
Macht schon die Kammer licht.« –
»O Liebster, scheide nicht,
So bitter klingt Ade,

Womit du mir bedrückest
Des Herzens frohen Mut.
Was eilest du von hinnen?
Wie mir das wehe tut!« –

»Herrin, du bittest mich?
So geb ich mich besiegt;
Sag denn in kurzem Worte,
Was dir am Herzen liegt,
Dass wir die Späher täuschen
Heut wie schon manches Mal.« –
»O Freund, ich leide Qual!
Bis dass ich wieder dich
Umfangen darf, bedrücken
Viel Schmerzen meine Brust.
Bleibst du nicht lange ferne,
Bereitest du mir Lust.«

»Das wird nur dann geschehn,
Wenn's anders nicht kann sein.
Muss ich dich, Teure, meiden
Ach nur ein Stündelein,
So weilt doch all mein Sinnen
Allewiglich bei dir.« –
»Mein Freund, versprich es mir;
Lass bald dich wieder sehn,
Falls dir es ohne Wanken
Zu dienen mir behagt!
O weh der Augenweide:
Nun seh ich, dass es tagt!«

»Was helfen Blümlein rot,
Da ich nun muss von dir,
Vielsüße Herzensfreundin?

Die sind zuwider mir
Gleichwie den kleinen Vögeln
Die kalte Winterszeit!« –
»Das ist auch mir ein Leid
Und immer neue Not:
Ich seh ja noch kein Ende,
Wie lang ich einsam blieb:
Ach liege noch ein Weilchen,
Du warst noch nie so lieb.« –

»Nein, Herrin, es ist Zeit,
Leb wohl und lass mich fliehn.
Ich darf um deine Ehre
Nicht länger hier verziehn.
Sein Tagelied der Wächter
Schon laut erhoben hat.« –
»Ach, Freund, weißt du nicht Rat,
So füg ich mich ins Leid:
Dass ich dich nun muss lassen,
Viel Herzleid schafft es mir:
Von dem ich hab die Seele,
Der Schöpfer sei mit dir!«

Der treue Ritter schied
In tiefbetrübtem Mut;
Er ließ zurück die Herrin
In bittrer Tränenflut.
Doch er vergalt mit Treuen
Die Gunst, die er gewann.
Sie sprach: »Wer nun hebt an
Und singt ein Tagelied,
Der macht mir alle Morgen
So schwer den frohen Mut.

Nun fühl ich, wie die Sehnsucht
Einsamem Weibe tut.«

Das Tagelied (tageliet, tagewîze) leitet seinen Namen von dem Weck- oder Morgenlied her, mit dem der Wächter den nahenden Tag begrüßt. – Im Original reimt die erste mit der achten Zeile, die zweite mit der letzten (12. Zeile). Wegen des großen räumlichen Abstandes ist das Ohr nicht imstande, den Reim bei seiner so späten Wiederkehr als solchen zu empfinden. Ich habe daher die Reime klingender angeordnet.

Traumdeutung

Dô der sumer komen was

Als der Sommer wiederkam,
Alle Blumen wonnesam
Aus dem Grase drangen
Und die Vöglein sangen,
Bin ich hingeschritten,
Wo aus Feldesmitten
Hell ein frischer Born entsprang:
Schnell floss er den Wald entlang
Bei der Nachtigall Gesang.

Dicht am Bronnen stand ein Baum,
Da entspann sich mir ein Traum;
Und mir war's: Zum Bronnen
Schritt ich aus der Sonnen;
Schatten wollt ich finden
Unterm Dach der Linden.
An dem Quell ich niedersaß,
Aller Sorgen ich vergaß
Und entschlief im weichen Gras.

Und ich sah in Traumeswahn
Meer und Land mir Untertan,
Sah den Geist geborgen
Hier vor allen Sorgen,
Sah dem Leib gegeben
Ungebundnes Leben.
Alles Weh entschwand mir da,
Weiß der Herrgott, wie's geschah,
Niemals schönern Traum ich sah!

Gern ich dort noch länger schlief!
Aber eine Krähe rief
Mit unzeitgem Schalle.
Krähn, wärt ihr doch alle,
Wo ihr müsst dran glauben!
Mir solch Glück zu rauben!
Von dem Schrein ich so erschrak,
Dass, – wenn da ein Stein nur lag
Wär's gewiss ihr letzter Tag!

Doch ein Weib, das hochbetagt,
Tröstete mich unverzagt:
Als mein Leid ich klagte,
Mir die Wackre sagte,
Was der Traum bedeute –
Hört es, liebe Leute:
Zwei und einer, das sind drei,
Und erklärte mir dabei,
Dass mein Daum ein Finger sei!

Frau und Frühling

So die bluomen ûz dem grase dringent

Wenn die Blumen aus dem Grase dringen,
Gleich als lachten sie empor zur Sonne,
Morgens früh an einem Tag im Mai,
Und die Vögel lieblich dazu singen
Ihre schönsten Weisen – welche Wonne
Meinet ihr, dass dieser ähnlich sei?
Ach, man glaubt sich halb im Himmelreiche;
Soll ich's sagen, was ich dem vergleiche,
Wohl! so sag ich, was mein Aug erquickt
Heut und immerdar, wenn ich's erblickt.

Denkt: Ein schönes Edelfräulein schritte
Reich- und feingeschmückt die Straße nieder,
Dass sie unterm Volke sich ergeht,
Fröhlich in der Dienerinnen Mitte.
Züchtig blickt sie um sich hin und wieder,
Wie die Sonne neben Sternen steht.
Ach, der Mai mit allen Wundergaben
Kann doch nichts so wonnigliches haben,
Als ihr süßer Leib – mit leichtem Sinn
Gäb ich alle Blumen für sie hin.

Wollt ihr, ob ich Wahrheit künde, schauen?
Kommt zum Mai, wenn festlich er gekleidet
Einzug hält mit seinem ganzen Tross!
Schaut ihn an und schaut die edlen Frauen!
Sagt, für wen der Sieg sich nun entscheidet,
Sagt, ob ich kein bessres Spiel genoss –?
Ja, und wenn mich einer wählen hieße,
Dass ich eines hier fürs andre ließe –

Rasch entschied ich mich: Eh nicht der Mai
März wird, geb ich nicht die Herrin frei!

Tanzlied

Nemt, frouwe, disen kranz

»Nehmt, Herrin, diesen Kranz«,
Sprach ich zu einer wunderfeinen Magd,
»So zieret ihr den Tanz
Mit diesem Blumenschmuck, wenn ihr ihn tragt!
Hätt ich viel köstliche Gesteine,
Sie wären all die euern;
Lasst, Herrin, mich's beteuern,
Dass ich es treulich mit euch meine!

Ihr seid so wohlgetan,
Dass ich euch gern ein Kränzlein geben will,
So gut ich's winden kann.
Ich weiß viel Blumen stehn in Hüll und Füll,
Wohl weiß und rot, fern in der Heide,
Wo lieblich sie entspringen
Bei muntrer Vöglein Singen:
Da sollten wir sie brechen beide!«

Sie nahm, was ich ihr bot,
Gleich einem Kind, das ein Geschenk beglückt!
Ihr ward die Wange rot,
Als ob die Lilie Rosenfarbe schmückt.
Den Blick sah ich sie schamhaft neigen,
Da ward mir von der Süßen
Zum Lohn ein holdes Grüßen –
Und bald noch mehr: des lasst mich schweigen!

Ich glaubte niemals mehr
An größre Wonne, als ich da besaß.
Es fielen auf uns her
Viel Blüten von den Bäumen in das Gras.
Ach wie ich da vor Freuden lachte,
Weil mich mit süßen Wonnen
Das Traumbild hielt umsponnen –
Da kam der Tag und ich erwachte!

Mir ist von ihr geschehn,
Dass ich den Mägdlein all zur Sommerszeit
Nun muss ins Auge sehn,
Ob ich sie wiederfänd? O Seligkeit!
Wie? Wenn sie wär in diesem Tanze?
Ihr Frauen, habt die Güte,
Rückt aus der Stirn die Hüte:
Ach – fänd ich sie doch unterm Kranze!

Erstes Erblicken

Wol mich der stunde, daz ich sie erkande

Gelobt die Stunde, da ich sie erkannte,
Die Leib und Seele mächtig mir bezwungen,
Wo ich gebannt zu ihr die Sinne wandte,
Die sie durch ihre Tugend mir entrungen!
Dass ich ihr folgen muss, nicht anders kann.
Das wirkte ihre Schönheit, ihre Güte
Und ihres Lachemundes rote Blüte.

Die Sinne halt ich und das Herz gewendet
Auf die Geliebte nur, die Liebe, Reine.
O würde doch uns beiden es vollendet,

Was ich von ihrer Huld zu ernten meine.
Was ich auf Erden noch an Lust gewann,
Das wirkte ihre Schönheit, ihre Güte
Und ihres Lachemundes rote Blüte.

Rosenlese

Müeste ich noch geleben daz ich die rôsen

Möcht ich's doch erleben, dass ich Rosen
Mit der Minniglichen könnte lesen;
Wollt ich doch sie herzen so und kosen,
Als ob längst wir Freunde schon gewesen.
Würde mir ein Kuss zur rechten Stunde
Von dem roten Munde,
Wär ich gleich von allem Leid genesen.

Was nützt weise Rede, was soll Singen?
Was hilft Weibesschöne, was soll Gut?
Seit man keinen sieht nach Freuden ringen,
Seit man ohne Scheu nur unrecht tut,
Dass es Milde, Treue, Zucht und Sitte
Nicht mehr bei uns litte,
Ist verzagt an Liebeslust der Mut.

Die verschwiegene Nachtigall

Under der linden

Unter der Linden
Bei der Heide,
Wo unser zweier Bett gemacht,

Da mögt ihr finden,
Wie wir beide
Pflückten im Grase der Blumen Pracht.
Vor dem Wald im tiefen Tal,
Tandaradei!
Lieblich sang die Nachtigall.

Ich kam gegangen
Hin zur Aue –
Mein Trauter harrte schon am Ort.
Wie ward ich empfangen,
O Himmelsfraue!
Des bin ich selig immerfort.
Ob er mich küsste? Wohl manche Stund,
Tandaradei!
Seht, wie ist so rot mein Mund.

Da tät er machen
Uns ein Bette
Aus Blumen mannigfalt und bunt.
Darob wird lachen,
Wer an der Stätte
Vorüberkommt, aus Herzensgrund:
Er wird sehn im Rosenhag,
Tandaradei!
Sehen, wo das Haupt mir lag!

Wie ich da ruhte,
Wenn man es wüsste,
Barmherziger Gott – ich schämte mich.
Wie mich der Gute
Herzte und küsste,
Keiner erfahr es als er und ich,

Und ein kleines Vögelein –
Tandaradei!
Das wird wohl verschwiegen sein!

Ergebung

Ir vil minneclîchen ougen blicke

Ihrer Augen holde Liebesblicke
Dringen schmerzlich mir ins Herz hinein.
Wies sie mir doch öfter das Geschicke,
Sie, der ich will gern zu eigen sein.
Ja leibeigen dien ich ihr –
Glauben soll's die Herzensfreundin mir!

Tief im Busen ich die Sorge nähre,
Wie ich nimmer von ihr lassen mag,
Der ich stets gern heimlich nahe wäre,
Sei es Nacht auch oder heller Tag!
Aber ach, es darf nicht sein,
Denn die liebe Herrin spricht ihr Nein!

Muss ich meiner Treue so entgelten,
Nie mehr trauen sollen Männer ihr.
Sie ertrüge leichter wohl mein Schelten
Als mein ständig Lob, das glaubet mir.
Weh mir, warum tut sie das,
Der mein Herze weiht so kleinen Hass?

Maienlust

Muget ir schouwen waz dem meien

Wollt ihr schauen, was dem Maien
Wunders ist beschert?
Seht die Pfaffen, seht die Laien,
Tun so stolz und wert!
Ja, er hat Gewalt.
Hat er Zauber wohl ersonnen?
Wo er naht mit seinen Wonnen,
Da ist niemand alt!

Alles wird jetzt wohlgelingen!
Wo sich alles freut,
Lasst uns tanzen, lachen, singen,
Wie's die Zucht gebeut.
Ei, wer wär nicht froh?
Da die Vögel rings sich schwingen
Und in hellsten Tönen singen,
Tun wir ebenso!

Heil dir, Mai, der du beglücktest
Alles weit und breit!
Der du schön die Bäume schmücktest
Und der Heide Kleid.
War sie bunter je?
»Du bist klein, ich größer – schaue«
Also streiten auf der Aue
Blumen mit dem Klee!

Roter Mund, der hold du lachtest,
Lass dein Lachen sein!
Schäm dich, da du mich verachtest,
Noch zu lachen mein.

Ist das wohlgetan?
Weh der unglücksel'gen Stunde,
Soll von minniglichem Munde
Mir Unminne nahn?

Was mich so an Freuden irret,
Gnadenloses Weib,
Das ist, der mein Herz verwirret,
Euer holder Leib.
Woher stammt solch Mut?
Gnädig hört man euch doch nennen,
Lasst mich eure Gnade kennen,
Sonst seid ihr nicht gut.

Frau, ersparet mir die Sorgen,
Gönnt mir frohe Zeit –
Oder soll ich Freude borgen,
Dass ihr selig seid?
Herrin, um euch blickt!
Alles jubelt im Vereine,
Trachtet, dass auch ihr mir eine
Kleine Freude schickt!

Dies Lied wird von einigen dem Leutold von Seven zugeschrieben; es scheint mir aber nach Ton und Form so ganz Waltherisch zu sein, dass ich mich nicht entschließen konnte, es wegzulassen.

Erfüllter Wunsch

Got gebe ir iemer guoten tac

Ritter

»Gott geb ihr manchen guten Tag
Und lasse mich sie oft noch schaun,
Die ich wohl nie erringen mag!
Und doch ließ sie mir anvertraun,
Dass sie sich mir ergeben fände,
Doch eines nie mir zugestände,
Was mir schon lang erfüllt das Herz
Mit kummervoller Pein:
Wie lieblich ist dies Herzeleid,
Wie süß ist diese Bitterkeit!« –

Frau

»Gott ließ viel Gnade auf mich taun,
Da leidger Liebe Los mir ward,
Dass meine Augen den erschaun,
Der hochberühmt nach edler Art.
In meinem Arm, an meinem Munde
Lag er für eine flüchtge Stunde,
Da floss ins Herz mir Sehnsuchtsschmerz,
Dem nie ein End wird sein
Bis ich, was er verlangt, ihm tu, –
Wär nur Gelegenheit dazu!«

Gefahr des Frohsinns

Ich waere dicke gerne frô

Ich wäre gern von Herzen froh,
Nur dass mir stets Gesellschaft fehlt;
Doch da sie alle trauern so,
Wer wäre freudigkeit-beseelt?
Man würd nach mir mit Fingern deuten,
Wär ich jetzt fröhlich bei den Leuten.
Doch ihrem Neid entgehe ich,
Und auch in Gunst noch stehe ich:
Nur, wo es keiner nimmt in acht,
Da lach ich, wie ich sonst gelacht.

Es schmerzt mich tief in Herzensgrund,
Denk ich, wie jeder brave Mann
Sonst seine Freude machte kund –
Weh, dass ich's nicht vergessen kann!
Wie fröhlich ist die Welt gewesen –
In jedem Auge war's zu lesen!
Wie schlug das Herz entgegen doch
Dem holden Lenzessegen noch:
Ach, soll das nimmermehr geschehn,
So schmerzt mich's, dass ich's je gesehn!

Gegenliebe

Bin ich dir unmaere

Ob ich dir zuwider,
Danach frag ich nicht: ich minne dich!
Eins nur beugt mich nieder,
Du schaust an mir vorbei und über mich.

Solltest, Lieb, das meiden,
Denn mit schwerem Leiden
Trag ich solchen Herzensschaden:
Trage mit – ich bin zu hart beladen!

Soll's aus Vorsicht kommen,
Dass du stets blickst über mich hinfort?
Tust du's mir zum Frommen,
Dann erspar ich dir mein Tadelwort.
Meide denn mein Auge,
Falls dir's lieber tauge,
Blick herab zu meinen Füßen
Tief, so tief du kannst, um mich zu grüßen!

Wenn ich überschaue
Alle, die mein Herz mit Lust erbaut,
So bleibst du nur, Fraue:
Ohne Schmeichelei bekenn ich's laut!
Sind sie auch erlesen
Und von edlem Wesen,
Angetan mit stolzem Mut,
Oder hoch geboren: Du bist gut!

Darum dich besinne,
Herrin, ob ich dir ergeben sei.
Eines Freundes Minne
Frommt nicht, ist die andre nicht dabei.
Minne taugt nicht einsam,
Freuet nur gemeinsam,
So gemeinsam, dass sie dringt
Durch zwei Herzen und kein drittes zwingt!

Schönheit und Anmut

Herzeliebez frouwelîn

Mein herzgeliebtes Mägdelein,
Gott schütze dich in Ewigkeit!
Und könnt ich besser denken dein,
Wär ich zu besserm Lob bereit.
Doch, was kann ich weiter sagen,
Als: dass keiner mehr dich liebt als ich!
Und das schafft mir, ach! so harte Plagen.

O, lass sie schelten nur, dass ich
Nicht höhern Flug geb meinem Sang:
Doch sie verkennen sicherlich,
Was Schönheit ist, ihr Leben lang!
Nein, sie werden's nie gewinnen:
Die nur Äußres reizt und eitles Gut –
Sagt, verstehen die das rechte Minnen?

Wie oft mit Schönheit Hass sich paart,
Nach Schönheit drum ein Tor nur geizt;
Liebe ist guter Herzen Art,
Drum Liebe mehr als Schönheit reizt.
Liebe kann ein Weib verschönen,
Bloße Schönheit kann dies nimmermehr –
Sie vermag kein Weib wahrhaft zu krönen!

Sieh! ich ertrage und ertrug,
Und werde Tadel noch ertragen.
Du bist ja schön und hast genug,
Sie mögen, was sie wollen, sagen.
Treulich will dich meine Seele minnen –
Mehr gilt mir dein gläsern Ringelein
Als die Schätze aller Königinnen!

Bist du mir unverbrüchlich treu,
Bin ich um dich der Sorge bar,
Dass jemals Herzeleid aufs neu
Um deinethalb mir widerfahr.
Aber nie will dein ich heißen,
Hast du, Herrin, diese Tugend nicht –
Mag mir auch darob das Herz zerreißen!

Mit dem gläsernen Ringelein will der Dichter vermutlich auf die Armut oder den bescheidenen Stand seiner Geliebten hindeuten.

Erhörung

Mich hât ein wünneclicher wân

Ritter

»Mich hat ein wunniglicher Wahn
Und einer lieben Hoffnung Trost
In sehnsuchtsvolle Not gebracht.
Soll mir noch jemals Freude nahn,
Wird Rettung mir nicht zugelost,
Als wenn geschieht, was ich gedacht,
Dass mein sie wird mit Seel und Leib,
Die mir verleiden ander Weib,
Das ich um sie doch ehren muss.
Denn ich begehre andern Lohn
Von keiner doch als holden Gruß.«

Frau

»In Güte und ohn Falschheit lebt
Ein Mann, der mir gebieten mag;

Zu folgen ihm wird mir nicht schwer. –
　　Dass er mir treu, mich froh erhebt,
Wenn ihm Ermuntrung auch gebrach:
Von großer Liebe schreibt sich's her.
　　An ihm ist mir, muss ich gestehn,
Ein schönes Weibesheil geschehn.
Uns beiden winkt nun Seligkeit,
Weshalb mein Herz den schönsten Ort
Für seine Tugend ihm verleiht.«

Ritter

　　»Ein Weib hat mich beständger Lust
Versichert und die Not gewandt,
Solange als ich Leben habe.
　　Ich bin mir ihrer Huld bewusst;
Wird süßer Trost mir zuerkannt,
Das mag wohl heißen Freundesgabe.
　　Ein Mannesheil hab ich erschaut,
Als sie in Treuen mir vertraut,
Ich müss in ihrem Herzen sein!
Drum darf es niemand wundernehmen,
Fühl ich mich ledig aller Pein.«

Höchster Schmuck

Ich hoere iu sô vil tugende jehen

Ritter

»Ich weiß, ihr lobt mich überall so laut,
Weil nur für euch mein Herz schlägt dienstbereit.
　　Doch hätt ich nimmer euch erschaut,

Verringern müsst es meine Würdigkeit.
    Nun will ich desto würdger sein
Und bitt euch, Frau, dass ihr
Euch unterwindet mein:
    Ich lebte gern, wüsst ich zu leben,
Mein Wille reicht, nicht meine Kunst;
    Drum sollt ihr Unterricht mir geben.«

Frau

»Verstünd ich's, wie ich nicht es kann,
So wär ich auf der Welt ein glücklich Weib.
    Ihr tut wie ein erfahrner Mann,
Dass ihr so hoch mich rühmt an Seel und Leib.
    Ich weiß noch wen'ger, als ihr wisst;
Was tut's indes? Ich will
Beenden diesen Zwist:
    Tut ihr zuerst, um was ich bitte,
Und kündet mir der Männer Art,
    So lehr ich euch der Frauen Sitte.«

Ritter

»Wir wollen, dass die Treue leiht
Den edeln Frauen Schmuck und Ehrentracht:
    Wenn züchtig ihr und fröhlich seid,
Eint Lilienunschuld sich mit Rosenpracht.
    Ihr wisst, die Linde wird verschönt,
Steht sie im Blumenbeet,
Das Laubdach sangdurchtönt:
    So ziert die Frauen holdes Grüßen, –
Ihr Mund, der lieblich reden kann,
    Lockt auch, dass man ihn küsst, den süßen.«

Frau

»Ich sag euch, wer uns wohlbehagt:
Ein Mann, der unterscheidet Bös und Gut,
Und nur das Beste von uns sagt,
Den schätzen wir, wenn er's in Treuen tut.
Kann er mit Maßen fröhlich sein,
Und ist sein Sinn und Art
Zu hoch nicht und zu klein,
Dem wird man, was er wünscht, bescheiden –
Welch Weib versagt den Faden ihm?
Gut Mann ist würdig guter Seiden.«

Die Liebste im Bade

Si wunderwol gemachet wîp

Das wundervoll geschaffne Weib!
O würde mir ihr Habedank!
Es steh ihr minniglicher Leib
Voran in meinem Hochgesang!
Säng jeder Frau gern Lob und Preis,
Doch diese hab ich mir erwählt;
Wer aber eine andre weiß
Und lobt, sei nicht darum geschmählt.
Er hab gleich mir auch Weis und Wort,
Und lob ich hier, so lob er dort!

Ihr Antlitz ist so wonnereich,
Als ob's mein Himmel wollte sein:
Fürwahr, wem anders wär es gleich?
Es strahlt in himmlisch-holdem Schein!
Zwei Sterne glänzen dran voll Pracht,

O könnt ich darin spiegeln mich;
Und wären sie in meiner Macht,
Manch Wunder wohl begäbe sich.
Ich würde wieder jung zumal
Und kennte keine Liebesqual.

Gott schuf die Wangen ihr mit Fleiß,
Und keine Farbe er verdarb:
Welch reines Rot, welch reines Weiß,
Hier rosiglich, dort lilienfarb!
Ich seh es wohl genau so gern,
(Man rechne mir's als Lästrung an)
Als Himmelsrund und Himmelsstern –
O weh, was lob ich dummer Mann?
Nun wächst ihr Stolz gewiss noch mehr:
Dann büßts mein Mund am Herzen schwer!

Ihr Hälslein, wie auch Fuß und Hand,
Vollkommen ist's und wohlgebaut –
Was ich noch sonst zu loben fand,
Hab ich noch lieber angeschaut.
Ich hätte ungern »Decke dich!«
Gerufen, als ich nackt sie sah –
Nicht sah sie mich, doch traf sie mich;
Noch heute schmerzt mich's hier wie da;
Wo sich die Liebliche enthob
Dem Bad – Preis sei dem Ort und Lob!

Sie hat ein Küssen, das ist rot,
Gewönn ich das für meinen Mund,
So wär ich ledig aller Not
Und gleich für Lebenszeit gesund!
Wem sie das an die Wange legt,
Der schmiegte sich nicht nah genug;

Es duftet, wenn man's nur bewegt,
Als wär es voller Wohlgeruch.
Dies Küsschen soll sie leihen mir:
So oft sie's fordert, gäb ich's ihr!

Walther spielt in der letzten Strophe mit der doppelten Bedeutung des mhd. Wortes »küssen«, das sowohl »Küssen« als auch »Kissen« meinen kann.

Trost im Leide

Wil ab ieman wesen frô

Wird denn keiner wieder froh,
Dass wir ewig nicht in Sorgen müssen leben?
Ach, wie tun die Jungen so,
Die vor Freuden sollten in den Lüften schweben?
Wüsste nicht, wen ich sonst tadeln sollt,
Nur die Reichen schelt ich und die Jungen:
Die sind unbezwungen,
Drum steht Kummer ihnen schlecht, doch Frohsinn ihnen hold!

Wie das Glück schlecht walten kann,
Dass es Armut mir verliehn bei frohem Mut;
Aber einem reichen Mann
Gibt es Unmut: ach! was nützt ihm nun sein Gut?
Wie doch Frau Fortuna sich versehn,
Dass sie mir nicht gab zum frohen Mute
Von des Reichen Gute:
Besser würde meine Not zu seinem Unmut stehn!

Wen da presst ein heimlich Leid,
Der gedenke guter Fraun – er wird erlöst –

Denke auch der heitern Zeit:
Stets hat solch Erinnern Trost mir eingeflößt.
Ängstigt mich in finstern Tagen Not,
Nehm ich mir ein Gleichnis an der Heide,
Die sich schämt im Leide:
Sieht sie prangen grün den Wald, so wird sie immer rot!

Herrin, wenn ich denk an dich,
Was dein reiner Leib für keusche Tugend birgt,
O lass ab, du rührest mich
Bis in Herzensgrunde, wo die Liebe wirkt.
Lieb und lieber, nein das mein ich nicht;
Du bist mir das Liebste, das ich meine:
Du bist mir alleine,
Herrin, doch vor aller Welt stets Trost und Zuversicht!

An die Neugierigen

Si frâgent unde frâgent aber al ze vil

Sie fragen hin und her, ihr Fragen endet nie,
Nach meiner Lieb und wer sie sei?
Des bin ich müde längst – wohlan: ich nenne sie,
So endet doch die Quälerei!
Ungnad und Gnade heißt der Herrin Doppelnam,
Doch beide Namen sind einander wenig gleich:
Macht jener arm, macht dieser reich;
Wer mir da nimmt den reichen,
Den armen habe der mit Scham!

Das unverschämte Volk – ließ es mich doch in Ruh!
So hätt ich weder Hass noch Neid.
Nun lass ich sie allein, wies guter Zucht kommt zu,

Und ihnen bleibe Schmach und Streit.
Denn seht, so war's bestellt, als Sitte noch befahl:
Es wehrten hundert einem unbescheidnen Mann,
Bis dass er besser sich besann
Und sich besinnen musste –
So groß war der Verständgen Zahl.

Es war bei den Minnesängern ein Gebot der Sitte, den Namen der Geliebten zu verschweigen; vgl. Seite 56, wo er am Schluss ebenfalls die Zudringlichkeit und Neugier scherzhaft abfertigt.

Sommerlob

Swie wol der Heide ir manicvaltiu varwe stât

Wie schön die Heide auch vielfarbge Buntheit schmückt,
Ich muss dem Wald doch zugestehn,
Dass wonniglicher er mit Reizen ward beglückt;
Jedoch am besten ist dem Feld geschehn.
Drum Heil, o Sommer, dir ob deiner Emsigkeit!
Und Sommer, weil ich stets doch lobte deine Tage,
So still mit Trost auch meine Klage,
Ich will dir beichten, was mich quält:
Die lieb mir ist, der bin ich leid!

Der Guten kann ich nicht vergessen, will's auch nie,
Die alles Denken mir entführt.
So oft ich singen will so oft find ich für sie
Ein neues Lob, das ihr gebührt.
Für heut genüg ihr dies, bis ich sie wiederseh:
Den Augen tut es wohl, die ihren Liebreiz schlürfen;
Die ihre Tugend preisen dürfen,

Die Lieder tun den Ohren wohl:
Drum Heil sei ihr und Weh mir, weh!

Die Augen des Herzens

Sumer unde winter beide sint

Sommerlust und Winterfreuden sind
Gutem Manne, der nach Trost sucht, hold;
Doch an wahrer Freude bleibt ein Kind,
Wem sie niemals Frauenhuld gezollt!
Darum wisse jedermann:
Alle Frauen soll man ehren,
Doch die beste steh voran!

Ohne Freude taugt der Beste nicht,
Darum hab ich sie mir auserwählt,
Weil mein Herz, so oft es von ihr spricht,
Immer nur von ihrer Huld erzählt.
Wenn mein Aug sich zu ihr schwang,
Bracht es stets so frohe Kunde,
Dass mein Herz vor Freude sprang.

Dass ich sie so lange Zeit nicht sah.
Weiß der Himmel, wie es nur geschehn –
Sind des Herzens Augen ihr so nah,
Dass ich ohne Augen sie gesehn?
Ist geschehn ein Wunder gar,
Dass mein Herz, das augenlose,
Sie gesehen immerdar?

Fragt ihr mich, was es für Augen sind,
Die da schauen über Berg und Land?

Die Gedanken, die die Sehnsucht spinnt,
Sehn vom Herzen aus durch Dach und Wand.
Hütet sie auch noch so gut: –
Immer sehn sie scharfen Auges
Herz und Wille, Sinn und Mut.

Werd ich jemals ein so sel'ger Mann,
Dass sie mich auch ohne Augen säh?
Schaut mich ihr Gedanke jemals an,
Holdeste Vergeltung mir geschäh!
Treue Neigung lohne sie,
Zeige mir auch guten Willen –
Mein Gedanke lässt sie nie!

Liebe und Gegenliebe

Waz ich doch gegen der schoenen zît

Was hab ich nach der schönen Zeit
An Hoffnung doch und Wünschen eingebüßt!
Was mir der Winter tat zuleid
Das, hofft ich, wird im Sommer mir versüßt.
So glaubte ich an Bessrung immerdar;
Wenn töricht oft mein Glaube war,
Ich doch die Hoffnung Freundin hieß.
Dabei misslang mir's immer neu,
Nie blieb mir eine Freude treu –
Sie ließ mich, eh ich selbst sie ließ.

Macht mich nur Wahn vergnügt und froh,
Heiß ich zu Unrecht ein zufriedner Mann.
Doch wem sein Glück es fügt also.
Dass seiner Liebsten Neigung er gewann,

Und bleibt dabei auch freudenreich sein Sinn,
    (Des ich nun leider ledig bin)
    Der spotte deshalb doch nicht mein,
    Wenn Liebes ihm sein Liebchen tut:
    Auch ich wär gerne hochgemut,
    Könnt es mit ihrem Willen sein.

    Welch selig Weib, welch sel'ger Mann,
Die treu und innig sich einander weihn!
    Sie werden würdiger alsdann
Und williger zu allem Edlen sein;
Geheiligt ist all ihre Lebenszeit.
    Auch der ist selig sonder Streit,
    Der ihrer Tugenden hat acht,
    Sodass es ihm zu Herzen geht.
    Heil auch der Frau, die das versteht
    Und ihn zu freuen ist bedacht.

    Für unnütz hält es mancher zwar,
Dass er dem Dienste guter Frauen lebt,
    Doch ist's dem Törichten nicht klar,
Dass er dadurch nur Wert und Heil erstrebt?
Mit leichtem Tand ist freilich auch vergnügt
    Leichtfertger Sinn, der leicht sich fügt.
    Doch wer um Wert und Würde front,
    Der dien um edlen Weibes Gruß.
    Wen sie von Herzen grüßen muss,
    Dem Wert und Würde köstlich lohnt!

    Ja Herrgott, was gedenkt denn der,
Dem ohne Dienst es immer doch gelang?
    Es sei ein Sie, es sei ein Er,
Wer also minnen mag, hab wenig Dank,
Will er noch treuen Dienst gar übersehn.

Von züchtgem Weib wird's nicht geschehn,
Die merkt auf guten Mannes Sitte
Und hält die schlechten von sich fern,
Nur eine Törin sieht es gern,
Folgt ihr ein Tor auf Schritt und Tritte.

Liebesglück

Ich bin nû sô rehte frô

Ich bin jetzt so von Herzen froh,
Dass schier ich Wunder schon zu tun beginne.
Und leicht mag es sich fügen so,
Dass ich erringe meiner Herrin Minne.
O seht, dann steigen mir die Sinne
Wohl höher als der Sonnenschein –
O Gnade, Königinne!

Nie, dessen bin ich mir bewusst,
Hab ich zu ihr mein Auge aufgeschlagen,
Dass es mir nicht gestrahlt vor Lust!
Den harten Winter ließ mich's leicht ertragen,
Die andern mocht er weidlich plagen,
Mir war indes, als käm der Mai
Mit seinen blauen Tagen.

Hier diesen wonniglichen Sang
Hab ich gesungen meiner Frau zu Ehren.
O wisse sie mir dafür Dank,
Stets will ich andrer Lust um sie vermehren.
Und mag sie auch mein Herz beschweren,
Was macht's, wenn sie mir Leides tut?
Sie kann's in Freude kehren!

Es sollte niemand raten mir,
Dass ich mich trennte von dem holden Wahne.
Entfremd ich meine Liebe ihr,
Wo fänd ich eine also Wohlgetane,
Die nie etwas von Falschheit ahne?
Sie ist so schön, doch besser als
Helene und Diane.

Vernimm, o Freund, wie's mit mir steh,
Mein trauter Walther von der Vogelweide,
Wie ich um Rat und Hilfe fleh:
Die süße Herrin tut mir viel zuleide.
O könnten wir's ersingen beide.
Dass ich mit ihr erst Blumen bräch
Wohl auf der lichten Heide!

Abzählspiel

In einem zwîvellîchen wân

Ich war in zweifelvollem Wahn
Recht tief befangen und gedachte,
Du bleibst ihr nicht mehr untertan,
Als mich ein Trost ihr wiederbrachte.
Doch nein! Trost kann's nicht heißen – sei es drum!
Und ist's auch nur ein Tröstlein schwach und klein,
So klein – wenn ich euch's melde – lacht ihr mein –
Doch freut sich niemand, der nicht weiß warum?

Ein kleines Hälmchen macht mich froh,
Es sagt: es soll mir Gunst geschehen.
Ich zähl die Knoten an dem Stroh,
Wie ich's bei Kindern oft gesehen.

Nun hört und zählet mit, ob sie es tu?
Sie tut's – tut's nicht – sie tut's – tut's nicht – sie tut's!
Wie oft ich zähl, stets kommt heraus was Guts –
Mein Trost ist's; Glaube nur gehört dazu!

Wie lieb sie mir von Herzen sei,
So möcht ich dennoch dies erleiden:
Auch andern steht der Zutritt frei –
Ich darf sein Werben keinem neiden.
Jedoch soweit ich sehn kann, glaub ich nicht,
Dass einer mir sie wankend machen kann,
Ich wünscht, – hört sie noch lang die Gecken an –
Dass sie betrög bald ihre Zuversicht.

Das Bohnenlied

Was êren hât vrô Bône

Welch Lob verdient Frau Bohne,
Dass man im Liede rühmen soll
Die grobe Fastenspeise?
Denn vor und nach der None
Ist schimmlig sie und madenvoll,
Wenn sie noch wächst am Reise.
Ein Halm ist reich an Kraft und gut,
Weil er uns allen Liebes tut;
Er freut den Sinn und hebt den Mut,
Und wie erst schmeckt sein Samen!
Aus Grase wird der Halm zu Stroh,
Und macht so manches Herze froh,
Ob hoch, ob klein, gut ist er so:
Frau Bohne, *libera nos a malo.*
Amen!

Das rechte Maß

Aller werdecheit ein vüegerinne

Aller Würdigkeit Verleiherin,
Das seid ihr allein fürwahr, Frau Maße!
Wohl dem, der stets euern Willen tat.
Schämen braucht er um bescheidnen Sinn
Nicht bei Hofe sich noch auf der Straße,
Darum such ich, Herrin, euern Rat,
Dass ihr mich belehret, recht zu werben.
Werb ich niedrig? Hoch? – Mir bringt's Verderben!
Niedrig werben brachte fast mir Tod,
Nun macht das zu hoch mich krank –
Unmaß, schaff mir keine Not!

Niedre Minne leicht uns sinken macht,
Dass der Mut nach schlechter Liebe ringet:
Solche Minne bringt unrühmlich Weh.
Hohe Minne hat's soweit gebracht,
Dass der Sinn nach hoher Würde dringet:
Die lockt jetzt mich, dass ich mit ihr geh.
Doch, Frau Maß, welch zögernd Sinnen?
Herzensliebe führt mich schnell von hinnen:
Denn schon hat mein Aug ein Weib ersehn,
Und wie lieblich sie auch spricht,
Leicht mag doch mir Leid von ihr geschehn!

Ungleiche Teilung

Ich hân ir sô wol gesprochen

Ich hab so von ihr gesprochen,
Dass sie mancher nun auf Erden lobt.

Wird das nun an mir gerochen,
Wehe mir, dann hab ich gut getobt,
Dass ich die mit Ruhm bedacht
Und mit Lob gekrönet,
Die dafür mich höhnet:
Dies, Frau Minne, schmälert eure Macht!

Noch, Frau Minne, klag ich bitter,
Übt Gericht und urteilt über mich,
Eurer Ehre kühner Ritter
Wider Ungetreue, das war ich!
In dem Streite schoss mich wund
Euer Pfeil im Herzen,
Sie blieb frei von Schmerzen,
Ihr ist wohl – und ich blieb nicht gesund.

Herrin, lasst mich des genießen,
Denn ich weiß, ihr habt der Pfeile mehr.
Wollt sie ihr ins Herz doch schießen,
Dass sie meines Grams Genossin wär.
Wollet, edle Königin,
Eure Wunden teilen
Oder meine heilen,
Dass ich nicht allein verletzet bin.

Ich bin euer schon, Frau Minne,
Zielt dahin, wo man euch widersteht.
Helfet, dass ich Sieg gewinne:
Herrin, nein, dass sie euch nicht entgeht!
Lasst mich auch das Ende sagen:
Dass, wenn sie entrinnt,
Wir geschieden sind. –
Wer soll euch sein Weh dann ferner klagen?

Minne als Botin

Ich freudehelfelôser man

Ich hilf- und freudenloser Mann,
Warum doch mach ich manchen froh,
Der mir es niemals danken kann?
O weh, was tun die Freunde so?
Ja, »Freund« – was ich von Freunden sage!
Wenn ich nur einen hätt, vernahm er meine Klage!
Nicht Rat noch Freundschaft steht mir zu Gebot.
Nun tu mir, wie du willst, o minnigliche Minne.
Kein Mensch erbarmt sich meiner Not.

Sieh, minnigliche Minn, wie bald
Verlor ich meinen Sinn an dir.
Einziehn und ausziehn mit Gewalt
Durchs Tor des Herzens willst du mir.
Wie kann ich ohne Sinn genesen?
Du wohnst an seiner Statt und bist, wo er gewesen,
Schickst ihn zu der Geliebten mein,
Doch er allein kann nichts erreichen dort, Frau Minne:
O weh, du solltest selbst dort sein!

Frau Minne, gnädig schau darein!
Für solche Botschaft will ich dir
Zeitlebens gern zu Willen sein!
Nur sei auch liebevoll zu mir.
Ihr Herz ist voller Freudigkeit
Und ausgeschmückt fürwahr mit reinster Lauterkeit.
O könntest du darinnen sein,
So lass mich ein, dass wir drin miteinander sprechen,
Denn stets misslang's, bet ich allein!

Ach gnadenreiche Minne, sieh,
Warum denn schaffst du mir solch Weh?
Du zwangest dort, nun zwing auch hie!
Versuch, ob sie dir widersteh.
Nun zeig einmal, wie stark du bist,
Und sag nicht, dass ihr Herz vor dir verschlossen ist.
So künstlich ist kein Schloss erdacht,
Dass dir sich's nicht erschlöss, du Meisterin der Diebe!
Schließ auf – sie trotzet deiner Macht!

Gewalt der Minne

Wer gap dir, Minne den gewalt

Wer gab dir, Minne, die Gewalt,
Dass du so übermächtig bist?
Du zwingst wie spielend jung und alt,
Dagegen hilft nicht Kraft noch List.
Doch lob ich Gott, seitdem dein Band
Mich fesselt und ich nun erkannt,
Wo treuen Dienst man rühmlich weiht –
Davon will ich nicht lassen: o Gnade, Königinne,
Lass dir mich widmen meine Zeit!

Glückes Ungunst

Frô Saelde teilet umbe mich

Frau Glück schenkt Gaben rings um mich,
Doch mir kehrt sie den Rücken zu;
Will meiner nie erbarmen sich –
Nun ratet, was ich dabei tu?

Ihr Antlitz zeigt sie ungern mir,
Lauf ich um sie herum, bleib ich doch hinter ihr,
Denn ihr beliebt's, mich nicht zu sehn.
Dass doch zu besserm Ende
Ihr Aug im Nacken stände,
Dann müsst es wider ihren Wunsch geschehn!

Doppelter Verschluss

Waz hât diu werlt ze gebenne

Was hat die Welt zu geben
Wohl Holdres als ein Weib,
Dass es ein Herz mit tiefer Sehnsucht liebt?
Was gibt mehr Lust zu leben
Als reizgeschmückter Leib?
Ich wüsste nichts, was höhre Wonne gibt!
Eignet dem ein Weib mit Glutverlangen,
Der ihr ganz zu Lobe lebt,
Der ist tröstlich freudenvoll umfangen –:
Nichts auf Erden mehr den Sinn erhebt!

Mein Lieb ist zwier verschlossen,
Zu der ich Liebe trage:
Durch Hüter und durch ihren stolzen Sinn.
Hat jenes mich verdrossen,
Ach! schon seit manchem Tage,
So bringt mir dies nur Sehnsucht zum Gewinn.
Sollt ich diese beiden Schlüssel hüten
Ihres Leibs und ihrer Tugend,
Viel des Leids solch Amt mir könnt vergüten:
Ihre Schönheit gibt stets neue Jugend.

Die Hüter möchten scheiden
Von meiner Liebsten mich,
Der ich in Treuen diente Jahr um Jahr.
Die Liebe zu verleiden,
Begab sie dessen sich:
Hoffende Minne nähr ich immerdar!
Mag die Hut mir ihren Anblick rauben,
Bleibt ein Trost mir doch dabei:
Meine Liebe muss sie doch erlauben,
Zwingt sie eins, bleibt doch das andre frei!

Zu hohes Lob

Lange swîgen des hât ich gedâht

Langen Schweigens war ich erst bedacht,
Doch nun sing ich wieder wie vorher.
Gute Leute haben dies vollbracht,
Die entlocken mir nun wohl noch mehr!
Singen soll ich nun und sagen –
Was sie hoffen, tu ich gern;
Doch sie sollten auch mein Leid beklagen!

Höret Wunder, wie es mir erging,
Wie ich selber Nachteil mir gebracht:
Eine Frau behandelt mich gering,
Die ich durch mein Lied berühmt gemacht.
Ach, ihr Stolz ist nicht geringe:
Weiß sie nicht, dass all ihr Lob
Spurlos schwindet, wenn ich nicht mehr singe?

Gott, wie zürnt man ihr wohl noch um mich,
Wenn ich Ruh gebiete meinem Sang?

Die sie lobten, werden sicherlich
Einst noch schelten – doch mir nicht zu Dank.
Tausend Herzen wurden froh
Durch die Gunst, die sie mir gab –
Die entgelten's, trennen wir uns so!

Als ich noch geglaubt, sie wär mir gut,
Wer war ihr da lieber wohl als ich?
Das ist klar, was sie mir immer tut,
Dieses Eine glaub sie sicherlich:
Löst sie mich aus dieser Not,
Bringt mein Leben ihrem Ruhm,
Tötet sie mich – ist es auch ihr Tod!

Werd ich in Frau Minnes Diensten alt,
Wird auch ihr viel Jugend nicht geschenkt,
Doch mein Haar ist dann wohl dergestalt,
Dass sie leicht an einen Jüngern denkt.
Gnade Gott euch, junger Mann, –
Rächet mich und greift ihr dann
Die alte Haut mit frischen Gerten an!

Minne, zweier Herzen Wonne

Saget mir ieman, waz ist minne?

Sagt mir jemand, was ist Minne?
Weil ich's halb nur weiß, wüsst ich gern mehr.
Hat's ein andrer besser inne,
Lehr er mich's, warum sie schmerzt so sehr?
Minn ist Minne, wenn sie freut,
Schmerzt sie, ist es nicht die rechte Minne,
Und ich weiß nicht, welchen Namen man ihr beut!

Mach ich's klar euch wie die Sonne,
Was der Minne Wesen sei – sprecht Ja!
Minn ist zweier Herzen Wonne,
Teilen beide gleich, so ist sie da!
Doch tritt keine Teilung ein,
Kann ein Herz allein sie nicht erfassen:
Darum spende du mir Hilfe, Herrin mein!

Frau, ich habe schwer zu tragen;
Willst du helfen mir, so hilf beizeit.
Bleibst du aber taub den Klagen,
Sag es frei, so end ich diesen Streit!
Bin hinfort ein freier Mann.
Aber eines solltest du bedenken:
Dass dich schwerlich einer besser feiern kann!

Darf sie Hass für Liebe geben?
Soll ich Lust ihr schaffen für mein Leid?
Soll ich rühmend sie erheben,
Wenn sie's kehrt zu meiner Niedrigkeit?
Übel tat ich, ihr zu traun!
Doch was sprech ich Blinder denn und Tauber?
Wen die Liebe blendet, kann nicht richtig schaun!

Wahre Minne

Swer giht, daz minne sünde sî

Wer sagt, dass Minne Sünde sei,
Der schädigt sie, spricht er so schlecht:
Ihr wohnt so manche Tugend bei,
Die man genießen soll mit Recht.
Ihr eignet Treu und Seligkeit,

Wer Böses tut, der schafft ihr Leid.
Die falsche Minne mein ich nicht,
Die könnt »Unminne« heißen gar –
Die will ich hassen immerdar.

Walther und Hildegund

Die mir in dem winter fröide hânt benomen

Die mir winters Freuden viel genommen,
Ob es Weib sei oder Mann,
Mag der Sommer ihnen gut bekommen. –
Weh, dass ich nicht fluchen kann!
Leider kenne ich nicht mehr
Als den bösen Fluch »unselig« –
Doch der wöge allzu schwer!

Noch zwei arge Flüche kenn ich auch,
Wähl als passend sie geschwind:
»Hörten sie doch Esel schrein und Gauch
Morgens, wenn sie nüchtern sind!«
Wehe ihnen dann, den Armen!
Wüsst ich aber, dass sie's reute,
Wollt ich mich um Gott erbarmen.

Zeigt Geduld man gegen Ungeduld,
Ist's den Unverschämten leid.
Wen die Bösen hassen ohne Schuld,
Dankt es seiner Tüchtigkeit.
Wenn mich Liebe trösten wollte,
Die allein mich trösten kann,
Nicht ihr Neid mich kümmern sollte!

Schwören will ich bei der Liebsten Leib,
Hör sie's selbst aus meinem Mund:
Lieb ich ander Mädchen, ander Weib,
Packe mich der Höllenschlund!
Hegt sie irgend Treu und Liebe,
So vertraut sie meinem Eid,
Dass mein Herz beruhigt bliebe.

Herrn und Freunde, helfet mir beizeit,
Sonst ergeht mir's schließlich so:
Kann ich siegen nicht im Minnestreit,
Werd ich niemals wieder froh.
Meines Herzens tiefe Wunde,
Die muss immer offen stehn,
Wenn mich sie nicht küsst mit süßem Munde
....

Meines Herzens tiefe Wunde,
Die muss immer offen stehn,
Wenn nicht sie mich heilt bis tief zum Grunde
....

Meines Herzens tiefe Wunde,
Die muss immer offen stehn,
Wenn sie heil nicht wird von ....
Hildegunde.

Walthers Geliebte heißt natürlich nicht Hildegunde, er spielt mit diesem Namen nur auf das alte Heldengedicht »Walther und Hildegunde« an. Vgl. auch Seite 40.

Wesen der Minne

Diu minne ist weder man noch wîp

Minne ist weder Mann noch Weib,
Hat keine Seele, keinen Leib,
Kein Abbild kann von ihr geschaffen werden,
Kund ist ihr Name, fremd ist sie auf Erden,
Und kann doch niemand ohne sie
Des Himmels Gnade je gewinnen.
Trum traue allen, die da minnen:
In falsche Herzen kam sie nie!

Macht der Minne

Ez ist in unsern kurzen tagen

Viel falsche Münz in unsern Tagen
Wird nach der Minne Bild geschlagen.
Doch wer da ihr Gepräge recht erkannt,
Dem setz ich meinen Kopf zum Pfand:
Folgst ihrer Fügung du mit treuem Sinn,
So weiß ich, dass dir Roheit nimmer schadet,
Weil Minne so im Himmel ist begnadet. –
Ich fleh um ihr Geleit dahin!

Wider die Merker

Ez waere uns allen einer hande saelden nôt

Ach, es wär uns allen
Eines Heiles wieder not:
Dass man rechter Freude wär wie einst bedacht.

Doch mir muss missfallen,
Schier zu meiner Freude Tod,
Dass der Jugend Freude heut fast Schmerzen macht.
Was nützt ihr denn der junge Leib,
Mit dem die Jugend sollte minnen?
Hei! Wolltest du auf Freuden sinnen,
Dazu hilft, Jüngling, nur ein Weib!

Freude nur gibt mir noch
Heute Grund zum Fröhlichsein,
Um der Liebe willen, wie mein Los auch fällt.
Weilt mein Leib auch hier noch,
Ihr gehört das Herz allein;
Deshalb wohl für sinnlos mancher längst mich hält.
Und sollten sie zusammenkommen,
Mein Leib, mein Herz und beider Sinne,
So würden sie des werden inne,
Dass sie mir Freuden oft genommen.

Listger Merker Spähen
Lässt nun keinem Heil geschehn;
All ihr Lauern ärgert werter Leute viel.
Darob muss ich schmähen:
Wollt ich sie nun heute sehn,
Käm ich nicht zu meiner Freuden süßem Ziel.
Die Zeit doch, hoff ich, zu erleben,
Wo ich sie einsam treff und willig. –
Dann fort ihr Merker, wie es billig!
Dann wird mir Liebe viel gegeben.

Wohl manch einer fragt hier
Nach der Liebsten – wer sie sei,
Der ich jahrlang dienend steh in Minnelohn?
Doch das missbehagt mir,

Darum sag ich: »Es sind drei,
Denen ich gedienet – denk der vierten schon!«
Indes weiß sie es ganz allein,
Die so mir Herz und Leib zerteilet,
Die Liebliche verletzt und heilet,
Der gern ich mag zu Willen sein.

Darum, Herrin Minne,
Greif auch sie mit Minne an,
Die mich zwingt und lange hielt in Zwang und Hut.
Dessen sei sie inne,
Dass die Minne zwingen kann –
Ach wenn sie auch fühlte minnigliche Glut!
O möchte sie doch glauben mir,
Dass ich sie minne und sie meine;
Beweis ihr, Minne, drum das eine:
Ich dien ihr gerne – und nur ihr!

Der Kaiser als Spielmann

Ob ich mich selben rüemen sol

Wenn ich mich selber rühmen soll,
Bin deshalb ich ein züchtger Mann,
Weil ich ertrage ohne Groll
Viel Unfug, den ich rächen kann?
Ob ihn ein Klausner trüge?
Glaub's nicht, dass er sich füge!
Fänd er Gelegenheit wie ich,
Und griff ihn dann ein Zörnelein,
Glaubt mir's: er rächte doppelt sich,
Doch ich – aus Sanftmut – lass es sein!

Dies und noch mehr ertrüg ich froh,
Doch hört nur erst: Warum? Wieso?

Einst lehrtet ihr mir's, Herrin, so:
»Wer euch beschwerte euern Mut,
Den wolltet ihr bald machen froh,
Dann hätt er Scham und würde gut.«
Habt ihr mir's so erkläret,
So seht, dass ihr's bewähret!
Ich freue euch, ihr schafft mir Pein!
Schämt euch! (Dies Wort ist herbe zwar)
Doch wollt ihr wahr dem Wort nach sein,
So werdet gut – dann spracht ihr wahr.
Ihr seid so gut, ich weiß wie sehr,
Und eurer Güte wird stets mehr!

Wohl seid ihr, Herrin, schön und wert,
Doch stünde Gnade schön dabei;
Was tut es, dass man euch begehrt?
Gedanken sind ja wohl noch frei!
Ich ließe gerne jeden
Wünschen, träumen und reden!
Doch wenn ich zu vermessen bin,
Wer ist's denn, der euch Lieder singt?
Wollt ihr's nicht hören, hört nicht hin,
Doch weiß ich, dass es Dank mir bringt.
Wenn euch mein Lied bei Hofe tönt,
So werd ich drob mit Ruhm gekrönt.

Wohl habt ihr in ein Prachtgewand
Gekleidet, Frau, den reinen Leib,
Ein besser Kleid ich niemals fand:
Ihr seid ein reichgeschmücktes Weib;
Segen und Heil erblicket

Man sinnreich drin gesticket!
Getragnes Kleid, nie nahm ich's zwar,
Fürs Leben nähm ich gern dies Kleid.
Der Kaiser würd ihr Spielmann gar,
Wenn sie's ihm zum Geschenke weiht.
Wohlan, so rührt die Saiten froh,
Herr Kaiser, ... aber anderswo!

Lob der Liebe

Ein niuwer sumer, ein niuwe zît

Ein neuer Sommer, neue Zeit,
Ein süßes Hoffen, lieber Wahn
Behagen mir im Widerstreit,
Mit Freudenhoffnung angetan.
Doch eins mir größre Freude gibt
Als aller Vöglein Singefleiß:
Wer Frauenschönheit schätzt und liebt,
Erwirbt sich immer Dank und Preis.
So hoff ich von der Herrin mein,
Bei ihr muss größre Freude sein,
Die schöner als das schönste Weib:
Anmut verklärt den holden Leib.

Ich weiß es wohl, der Liebreiz macht
Ein schönes Weib erst schönheitsvoll,
Doch die auf Tugend stets bedacht,
Am meisten man begehren soll.
Der Schönheit Krone Liebe ist,
Wie Gold fasst einen Edelstein;
Nun sagt, ob ihr was Bessres wisst,
Als edlen Mut bei diesen zwein?

Das höht und würdigt erst den Mann,
Und wer da Liebesmühe kann
Um seine Herrin recht ertragen,
Der kann von wahrer Liebe sagen!

Wenn schon ein Blick besel'gen kann,
Mit dem die Holde auf uns sieht, –
O welch ein Glück erst der gewann,
Dem liebres noch von ihr geschieht.
Der fühlt sich noch an Freude reich,
Wenn jenem hinschmilzt seine Lust;
Denn was ist jener Wonne gleich,
Die Treue weiß in fremder Brust?
Ja, Keuschheit, Schönheit, reine Zucht,
Glückselig, wer sich brach die Frucht!
Wer diese drei vor Fremden preist,
Bleibt rechten Sinnes unverwaist!

Was taugt ein Mann, der nicht begehrt,
Zu werben um ein reines Weib?
Und wenn sie ihm auch nichts beschert,
Es adelt ihm doch Seel und Leib.
Er tu der einen wegen so,
Dass er den andern wohlbehagt,
So macht ihn eine doch so froh,
Dass er der andern gern entsagt.
Daran gedenk ein edler Mann:
Viel Heil und Ehre hängt daran.
Wer gutes Weibes Minne hat,
Der schämt sich aller Missetat!

Verzaubert

Mich nimt iemer wunder waz ein wîp

Wunder nimmt mich immer, was dies Weib
Denn an mir ersehn?
Dass sie mir verzaubert Herz und Leib,
Was ist ihr geschehn?
Hat sie keine Augen?
Warum täuscht sich ihr Gesicht?
Aller Männer schönster bin ich nicht –
Leugnen will nicht taugen.

Ob ihr jemand etwas von mir log?
Ei! So schau sie doch
Meine Schönheit an, die sie betrog!
Und sie will mich noch?
Nur den Kopf betrachtet: –
Ist der wohlgetan?
Wirklich, sie betrügt ein eitler Wahn,
Wenn sie's recht beachtet.

Tausend Männer gibt es, wo sie weilt,
Schöner von Gesicht. –
Etwas Kunst hat Gott mir zuerteilt,
Aber Schönheit nicht.
Meiner Kunst erfreuten
Sich schon viel, ist sie auch klein,
Pfleg ich sie doch als Geschenk zu weihn
Allen lieben Leuten.

Will sie Kunst statt Schönheit an mir preisen,
Tut sie daran gut,
Will sie das, muss dem ich Lob erweisen,
Was sie an mir tut.

So will ich mich neigen
Und ihr gern zu Willen sein –
Was bedarf sie denn der Zauberein?
Ich bin doch ihr eigen.

Nun vernehmt auch von der Zauberkraft,
Die zu eigen ihr:
Schönheit, Ehre ziert sie – und sie schafft
Lust und Schmerzen mir.
Dass sie Kunst ersonnen
Wider mich – das kann nicht sein:
Ihres Wesens Lieblichkeit allein
Bringt mir Weh und Wonnen!

Fehler und Tugenden

Der alsô guotes wîbes gert, als ich dâ ger

Wer edlen Weibes so begehrt, als ich es pflag,
Wieviel der Tugend haben sollte!
Nun hab ich leider nichts, was sie belohnen mag,
Nur wenig – wenn sie wenig wollte!
Ich hab zwei Tugenden, die jede sonst gefiel,
Die Scham, die Treue.
Die schaden jetzt! Wohlan, ich acht es als ein Spiel!
Mir bringt's nicht Reue:
Bin wem ich gut, bin ich's ohn Maß und Ziel.

Die Herrin, wähnte ich, war allen Makels frei.
Nun hör ich andre Märe sagen:
Dass nichts auf dieser Welt durchaus vollkommen sei,
So muss auch sie wohl Mängel tragen.

Doch finden kann ich nichts, was ihr denn übel steh,
Als dies allein:
Sie kränkt die Feinde nicht und tut nur Freunden weh;
Ließ sie das sein,
So fänd ich sicher keinen Tadel eh!

Da ich nun ganz verriet, was sie an Makel drückt,
(Zwei Fehler nannt ich, die es waren)
So sollt ihr wissen auch, was sie an Tugend schmückt –
Auch die ist zweifach – gleich sollt ihr's erfahren!
Ich nennte tausend euch, doch weiter nichts ist da,
Als Schönheit, Ehre!
Die zieren sie vollauf! Ei wirklich? Freilich, ja!
Wozu denn mehre?
Nun lob sie mich – da ihr mein Lob geschah!

Geistige Nähe

Mîn frouwe ist underwîlent hie

Die Herrin weilt zuzeiten hier,
Von ihrer Güte kann ich's hoffen wohl,
Da ich mich nie getrennt von ihr.
Wenn diese jene Minne suchen soll,
So wird sie häufig in Gedanken
Abwesend sein, wie ich es bin.
Mein Leib ist hier, bei ihr mein Sinn verweilt!
Und der bleibt treu ihr ohne Wanken.
Ich ließ es herzlich gern geschehn,
Wenn er nur drob nicht mein vergesse.
Was hilft's, ob ich die Augen schlösse?
Sie würden durch mein Herz sie sehn.

Ich lebte still und unbedroht,
Ständ nur die Lüge nicht im Ehrenkleid.
Wie lang noch währt die Zeit der Not?
Was ihnen lieb, verschafft mir Herzeleid.
Wie mich das schmerzt, wenn man im Lande
So keck es treibt und unverstellt –
Da bleibt kein Braver ungeneckt:
Untreue, Sünde, Falschheit, Schande
Empfehlen sie, wenn man sie fragt.
O weh, dass man sie nicht vermeidet! –
Das wird den Frauen noch verleidet,
Auch sind viel Herrn schon drob verzagt!

Undankbarkeit

Ich gesprach nie wol von guoten wîben

Wenn ich guter Frauen Ruhm gesungen,
Ward ich traurig, ward ich froh:
Hab durch Herzenskummer mich gerungen
Minniglicher nie als so!
Wohl mir aber, dass so gut
Ihnen dienen kann mein Singen. –
O, wie mir so wohl das tut.

Wollte mir's ein selig Weib verweigern,
Trauern würd ich keinen Tag;
Der ich dien, die will mein Glück nicht steigern,
Wie ich sie auch loben mag.
Ja, es macht sie freudenvoll,
Aber stets vergisst sie meiner,
Wo sie mir doch danken soll.

Danken fremde Fraun mir überschwänglich,
(Möchten sie glückselig sein!)
Freut mich's nicht! Denn bleibt sie unempfänglich,
Gilt mir's nur ein »Dänkelein«.
Sei ihr Wille, wie er sei!
Gut ist meiner – aber leider
Das Vollbringen fehlt dabei!

Verlorene Liebesmüh

Mîn frouw ist ein ungenaedic wîp

Meine Herrin ist ein grausam Weib,
Dass sie also lieblos an mir tut.
Hielt ich meinen jugendfrischen Leib
Ihr zu Diensten doch und hohen Mut!
O, wie war ich da beglückt:
Hin ist's und verdorben!
Was hab ich erworben?
Anders nichts als Kummer, der mich drückt.

Weh um meiner Jugend Wonnezeit,
Deren ich so viel versäumt bei ihr!
Ewig schafft es meinem Herzen Leid,
Wird die Hoffnung so zunichte mir.
Nicht des Zwanges hartes Muss
Wecket meine Klage: –
Die verlornen Tage
Reuen mich und machen mir Verdruss.

Schöner Antlitz sah ich nimmerdar,
Aber nicht ins Herz ihr konnt ich sehn;
Drum ward ich betrogen ganz und gar:

Meiner Treue ist's zum Lohn geschehn.
Hätt ich doch der Sterne Schar,
Monde all und Sonnen
Zum Geschenk gewonnen,
Ja, bei Gott – ich gäb sie ihr fürwahr!

Niemals nahm ich solcher Sitte wahr:
Ihren treusten Freunden ist sie gram,
Doch mit Feinden tut sie freundlich gar,
Was noch nie ein gutes Ende nahm.
Ja, so wird zuletzt es gehn,
Freund und Feind, sie beide
Lassen sie im Leide, –
Lässt sie Unrecht Freund und Feind geschehn.

Niemals sei es meiner Herrin leid,
Reit und frag ich um in fremdem Land
Nach der Frauen Wert und Lieblichkeit. –
Ihrer sind gar manche mir bekannt,
Tugendsam und schön dazu!
Doch es gibt nicht eine,
Große nicht noch kleine,
Die durch Sprödigkeit mir wehe tu!

Treue

Staet ist ein angest unde ein nôt

Die Treue schafft nur Angst und Not,
Und mag es auch nicht ruhmlos sein,
So kenn ich doch ihr Ungemach!
Seitdem die Herrin mir gebot,
Beständger Treue mich zu weihn,

Musst ich nur seufzen Weh und Ach!
So lasst mich doch aus eurer Hand, Frau Treue;
Doch, ob ich bäte auch aufs neue,
Sie bleibt sich treuer als ich ihr!
Schier bringt mich noch ins Grab die Treue. –
O Liebste, so hilf du denn mir!

Wie könnte der verlangen Dank,
Dem Treue Liebesglück erwarb,
Nimmt er der Treue freudig wahr?
Doch wem's mit Treue nie gelang,
Wenn der mit ihr es nie verdarb,
Seht, dessen Treu ist wunderbar.
So hab auch ich in Treuen heiß gerungen,
Doch ist mir, ach, noch nichts gelungen;
Das wende, süße Herrin mein,
Dass ich durch meine Treu, die unbezwungen,
Ein Spott der Falschen müsste sein!

Hätt ich nicht meiner Freuden Teil
Auf dich gesetzt, vielholdes Weib,
So würde wohl noch alles gut!
Doch seit mein Glück und all mein Heil,
Und was ich bin an Seel und Leib,
Auf dir nur wandellos beruht,
So schüf ich selber mir die größten Leiden,
Sollt ich von dir mich, Liebste, scheiden:
Wohl übel wäre dies getan.
Doch sollst du daran denken, wie in Leiden
Ich lang schon zieh die dunkle Bahn.

O Frau, ich weiß, wie dir zumut:
Dass du der Treue innig pflegst,
Das durft ich längst mit Augen schaun.

Es nahm dich stets in Treu und Hut
Die reine Güte, die du hegst –
Ein sichrer Schutz den edlen Fraun.
So freut mich deine Güte, deine Ehre,
Nicht wüsst ich, was mir lieber wäre,
Sprich: Heißt dies unbescheiden sein?
Ich hoffe, dass es Vorteil mir beschere,
Dass ich so treu begehre dein!

Frauenpreis

1.

Durchsüezet und geblüemet sint die reinen frouwen

Durchsüßet und geblümet sind die reinen Frauen,
Es gibt so Wonnigliches nirgend anzuschauen
In Lüften noch auf Erden hier in allen grünen Auen!
Selbst Lilien- oder Rosenblüten, wenn sie blinken
Im Maientau durchs Gras, selbst kleiner Vögel Sang
Ist farblos gegen solchen Glanz, ist ohne jeden Klang,
Als wenn man schaut ein schönes Weib! Es schützt den
Mut vorm Sinken,
Und alles Trauern löscht es in derselben Stund,
Wo huldreich lacht in Lieb ein süßer roter Mund,
Und Pfeile schießt ein glänzend Aug in Mannes
Herzensgrund.

2.

Vil süeziu frouwe hôhgelopt mit reiner güete

Vielsüße Herrin, hochgelobt, voll reiner Güte!
Dein keuscher Leib gibt wonneschwellend Hochgemüte.

Dein Mund ist roter als die taugetränkte Rosenblüte.
Gott hat erhöht und hehr geschaffen reine Frauen,
Dass man sie dienend ehren soll und preisen immerdar.
In ihnen ruht der Erde Hort mit aller Lust fürwahr,
Und klar und lauter tönt ihr Lob, darf man die
Süßen schauen!
Bei Unmut oder Traurigkeit ist nichts so gut,
Als zu betrachten still ein Fräulein wohlgemut,
Wenn sie ein lieblich Lächeln schenkt dem Freund
in reiner Glut.

Zürnende Liebe

Daz ich dich sô selten grüeze

Dass ich dich so selten grüße,
Herrin, das ist keine Missetat.
Wohl auch zürnen, glaub ich, müsse
Liebe, wenn kein Hass dem Herzen naht.
Traurig sein und wieder froh,
Sanfter Zorn und süß Versöhnen
Ist der Minne Recht – gewöhnen
Muss sich Herzensliebe so!

Eine Rede sollst du meiden,
Herrin, das hoff ich von deinem Wert.
Tust du's doch, ich würd's nicht leiden;
Geizge sprechen, wenn man Lohn begehrt:
»Hätt er Glück, ich macht ihn froh.«
Aber, die dies gerne sagen,
Sind vom Unglück selbst geschlagen:
Handeln tun sie doch nicht so.

Keine Tage sah ich fliehen
Wie die meinen: Immer schau ich nach!
Wüsst ich doch, wohin sie ziehen,
Und was diese Hast bedeuten mag?
Möglich, dass sie gehn zu dem,
Der sie minder gut verwendet;
Darum, Tage, zwanglos spendet
Euer Licht, wisst ihr nur wem!

Nähe der Geliebten

Weder ist ez übel od ist ez guot

Sagt, ist es übel oder gut,
Dass ich mein Leid verbergen kann?
Man sieht mich immer wohlgemut;
Doch trauert mancher andre Mann,
Der nicht die Hälfte meines Grams gewann,
Obwohl ich häufig mich gebärde,
Als kennt ich keinerlei Beschwerde.
Nun möge Gott es fügen so,
Dass ich noch einmal werde
So recht von Herzen froh!

Wie kommt's, dass ich so manchem Mann
In seiner Not schon Trost gereicht
Und ich mich selbst nicht trösten kann,
Wenn mich kein Wahn darin beschleicht?
Ich minn ein Weib, das nur zur Güte neigt:
Sie lässt mich jedes Wort beginnen,
Doch kann ich nie ein End gewinnen.
Darüber wär ich längst verzagt,

Wollt sie nicht lächelnd sinnen,
Wenn sie mir was versagt.

Droht ihrem Herzen nicht Gefahr,
(Von außen scheint sie freudenreich)
Und hütet sie der Zucht fürwahr,
So kommt an Huld ihr keine gleich.
Der andern Glanz wär neben ihrem bleich,
Falls Gott so reich ihr Herz geschmücket,
Wie mich ihr äußrer Reiz entzücket;
Mir wird bei solcher Tugend doch,
Dien ich ihr unverrücket,
Der Lohn beschieden noch!

Falls noch mein Glück im Zweifel liegt,
Den leicht die Liebste gütevoll,
Wenn sie den Willen hat, besiegt,
So trag dies Leid ich ohne Groll.
Sie fragt mich, was kein andrer fragen soll:
Wie lang sie treu mich werde sehen?
Mein Glück und Trost pflegt zu bestehen
Vor allen Frauen doch in ihr.
Nun möge mir geschehen,
Was ich ersehnet mir.

Gar viele reden desto mehr,
Wenn sie bei ihrer Holden sind:
In ihrer Nähe wird mir's schwer,
Und weniger weiß ich als ein Kind,
Und fühle alle meine Sinne blind.
Mich hielten andre für betöret,
Da sie nicht viel auf Worte höret,
Doch gutes Wollen weiß zu sehn.

Ich hab's! – Mein Mund es schwöret, –
So wahr mir Liebes soll geschehn!

Liebesglaube

Manger frâget waz ich klage

Mancher fragt mich, was ich klage,
Und behauptet immer, dass es nicht von Herzen geh.
Der vergeudet nur die Tage,
Denn ihm ward von wahrer Minne weder wohl
noch weh;
Davon ist sein Herz ihm krank!
Wer bedächte,
Was die Minne brächte,
Der verstände meinen Sang.

Minne ist ein altes Wort,
Doch nach ihrem Wirken unbekannt: es ist mal so!
Sie ist aller Tugend Hort,
Ohne Minne wird wohl keiner recht im Herzen froh!
Da solch Glaube fest mir steht,
Gib, Frau Minne,
Mir auch frohe Sinne;
Schlimm ist's, wenn solch Trost zergeht!

Da ich treu der Holden bin,
Will ich immer hoffen, dass sie mir gewogen sei.
Täuschte mich mein Herz hierin,
Wohnte meiner Hoffnung leider wenig Freude bei.
Aber, Gott, sie ist so gut!
Weiß die Gute,

Wie mir ist zumute,
Weiß ich, dass sie wohl mir tut.

Kennte sie die Treue mein,
Alles Liebe, Gute würde mir von ihr beschert.
Doch wie sollte das wohl sein?
Seit mit süßem Worte falscher Minne man begehrt,
Dass ein Weib nicht wissen mag,
Wie man's meine?
Diese Not alleine
Schafft mir manchen trüben Tag.

Wer ein Weib zuerst betrog,
Hat sich schwer vergangen an den Männern, an den Fraun.
Hält man noch die Liebe hoch,
Wenn nicht mehr der Freund dem Freunde sicher wagt zu traun?
Herrin, fern bleib euch der Schmerz!
Meinem Minnen
Lasset Trost gewinnen
Durch ein liebevolles Herz!

Selige Minne

Ganzer fröiden wart mir nie sô wol ze muote

Freudenvoller ward noch niemals mir zumute:
Und ich fühle, dass ich singen muss.
Wohl ihr, dass sie mir dies immer hält zugute!
Zum Gesang mahnt mich ihr lieber Gruß.
Die mein immer hat Gewalt,
Mag mir leicht den Kummer wenden

Und mir senden
Freude mannigfalt.

Gebe Gott, dass mir's noch gut an ihr gelinget,
Seht, so wär ich für mein Leben froh.
Die mir Herz und Leib mit Freuden reich durchdringet,
Nie bezwang ein Weib mich jemals so.
Früher war mir's unbekannt,
Dass die Minne zwingen sollte,
Wie sie wollte,
Bis bei ihr ich's fand.

Süße Minne, du, seit deiner süßen Lehre
Folgend mich ein Weib gefangen nahm,
Bitte auch, dass sie mir ihre Gunst beschere,
Dann wird Rettung mir aus diesem Gram.
Ihrer Augen heller Schein
Hat mich also lieb empfangen,
Dass zergangen
Kummer mir und Pein.

Stets beglückt es mich, dass ich so gutem Weibe
Dienen darf um minniglichen Dank.
Und mit diesem Trost ich oft mein Leid vertreibe,
Dass mein Unmut machtlos niedersank.
Endet so sich meine Not,
Werd ich gern der Wahrheit inne,
Dass es Minne
Keinem besser bot!

Minne, deine Gunst kann wunderselig machen,
Und dein Zwang vernichtet Freuden viel.
Lehrst du nicht das Leid mit hellen Augen lachen,

Wo du lieblich übst dein Wunderspiel?
Du kannst frohem Lebensmut
Solche Wirrungen erlesen,
Dass dein Wesen
Wohl und wehe tut!

Verlegenheit

Hêrre got, gesegene mich vor sorgen.

Herr und Gott, bewahre mich vor Sorgen,
Dass ich kummerlos in Wonne lebe!
Will mir niemand seine Freude borgen,
Dass ich andre ihm im Austausch gebe?
Balde find ich die, ich kenn den Ort:
Wunderviele ließ ich dort,
Und mit klugen Sinnen
kann ich ein Teil gewinnen!

All mein Glück verdank ich einem Weib:
Ach, ihr Herz ist aller Tugend voll,
Und geschmückt ist sie an Seel und Leib,
Dass wohl jeder gern ihr dienen soll.
Ich erwerb ein Lächeln hold von ihr;
Nicht missgönnen wird sie's mir,
Wie sie sich auch hüte –
ich freu mich ihrer Güte.

Wenn ich einen Sitz bei ihr gewinne,
Aber mit der Holden plaudern soll,
So verwirrt sie mir so ganz die Sinne,
Dass sich alles mit mir dreht wie toll.
Wenn ich dann zu sprechen Mut gewann,

Sieht sie mich nur einmal an,
Gleich ist mir's entfallen –
was hab ich von dem allen?

Vier Worte

Die verzagten aller guoten dinge

Die verzagt sind aller guten Dinge,
Halten mich für ebenso verzagt:
Doch ich hoff, dass sie noch Trost mir bringe,
Der ich meinen Herzensgram geklagt.
Weigert sie mir Liebes nicht,
Acht ich wenig, was ein Böser spricht.

Neid zwar will ich immer gern erleiden;
Dazu, Herrin, helf mir deine Huld,
Dass sie mich mit vollem Recht beneiden,
Und mein Glück an ihrem Gram ist schuld.
Schaffe, dass ich froh besteh,
Mir ist wohl dann, ihnen weh!

Frau und Freundin möcht ich allzu gerne,
Herrin, sehn in dir in einem Kleid.
Ob mir dann die Freude nicht mehr ferne,
Die mein Herz erhofft seit langer Zeit?
Freundin ist ein süßes Wort,
Aber Frau bringt Ehre fort und fort.

Herrin, Freudenjubel ließ ich schallen,
Gönntest du die beiden Worte mir,
Lass von mir auch zweie dir gefallen,
Die vielleicht kein Kaiser gäbe dir:

Freund und Diener sei ich dir,
Und du werde Frau und Freundin mir!

Vanitatum vanitas

Ich bin als unschedelîche frô

Freu ich mich, so freu ich harmlos mich,
Dass man mir mein Glück wohl gönnen kann.
Heimlich brüstet meine Freude sich:
Was ist wert ein prahlerischer Mann?
Wehe denen, die so manche Fraun
Schon in bösen Ruf gebracht!
Heil mir, dass ich dies bedacht:
Ihnen soll ein edles Weib nicht traun!

Jedes Ehrenmannes Trefflichkeit
Will ich hören und gern weitersagen,
Wer da anders handelt, tut mir leid,
Und ich will es ruhig nicht ertragen.
Doch der Prahler und der Lügner Schar
Soll erfreuen nicht mein Sang,
Mir ist's nicht zu Lust und Dank,
Freute er sie nur ein wenig gar!

Mancher klagt, dem reiches Glück gewährt;
Aber ich trag ständig frohen Mut.
Wenn mein Herz auch keine Freude nährt,
Kommt es dennoch meinem Sinn zugut.
Soviel wahre Freude mich entzückt,
Herzeleid war stets dabei;
Blieb ich von Gedanken frei,
Wüsst ich wahrlich nichts, was mich bedrückt.

Wenn Gedanken meinen Geist befehden,
Kommt wohl mancher, spricht mir freundlich zu,
Schweigend hör ich hin und lass ihn reden,
Denn was will er, dass ich andres tu?
Lieh ich ihm noch Ohr und Auge da,
Könnt ich wissen, was er spricht. –
Doch ich habe beides nicht,
Und so weiß ich weder Nein noch Ja.

Nie auch ging mir nur ein halber Tag
Ganz in ungemischter Lust dahin;
Wenn ich jemals ganzer Freude pflag,
Ich doch heut von ihr verlassen bin.
Alle Freuden dieser Welt verblühn,
Wie die Blumen welken hin,
Darum soll auch nicht mein Sinn
Mehr um falsche Freuden sich bemühn.

Beständigkeit

1.

Ich wil nû mêre ûf ir genâde wesen frô

Noch länger bleib ich wohl nun ihrer Gnade froh,
Solang ich ihrer Huld zu denken nur vermag.
Doch wüsst ich's gar zu gern: ergeht's auch andern so?
Nach einem guten kommt mir ein so böser Tag,
Dass ich mich sein nicht freuen kann,
Als nur mit Wünschen, wie ich's gern
Schon tat von Kindesbeinen an.
Man mag mich immer drum verlachen:

Fürwahr, mit Wünschen und mit Wähnen
Verstand ich's oft, mich froh zu machen.

Ich wünsch im Herzen still, ihr einst so nah zu sein,
Dass ich mich selber kann in ihren Augen sehn,
Und dass ich sie dereinst so ganz noch nenne mein,
Dass meiner Frage sie mir alles muss gestehn.
Dann frag ich: Willst du wieder je
So handeln, du vielselig Weib,
Dass du mir schaffst so schmerzlich Weh?
Mag lachen dann die Minnigliche.
Gesteht: Wenn ich so wünsch und wähne,
Welch Glück solch süßem Träumen gliche?

Die ich erlitten hab durch sie, die Herzenspein,
In der mit Sehnsuchtsschmerz ich schon so heftig rang,
Soll die denn nimmermehr zum Nutzen mir gedeihn?
Getrauert hätt ich dann, ach, ohne Lohn und Dank.
Drum will ich künftig fröhlich sein,
Vielleicht dass besser ihr behagt
Frohsinn an mir als düstre Pein.
Doch fragt sie nicht um alle beide,
So spielt ich doch den Frohen lieber,
Als dass ich so vergeblich leide.

2.

Mir ist mîn êrriu rede enmittenzwei geslagen

Nun ist mir mein Gesang inmitten durchgeschlagen:
Der eine halbe Teil ist mir verboten gar;
Den mögen andere nun singen oder sagen,
Doch ich will, was mir ziemt, auch ferner nehmen wahr
Und anmutvolle Sitte hegen.
Um eines, was man Ehre nennt,

Lass ich viel andres unterwegen:
Darf dessen ich nicht mehr genießen,
So steht es übel allerorten,
Und meine Türe will ich schließen.

Weh, dass so mancher nun nach mir den Rücken dreht,
Das klag ich heut und stets der rechten Höflichkeit.
Nur wenigen ward ein Kranz, der ihnen trefflich steht,
So trefflich, dass ich ihm nicht fänd ein Herzeleid,
Und ihnen ungern käme nah.
Dass ich so gern bei ihnen bin,
Das ist der Grund, drum bin ich da:
Drum muss ich ihren Rücken leiden.
Jedoch, wer stets bewahrt die Sitte,
Den ziert ein Kränzlein wohl von Seiden.

Winterloblied

Nû sing ich als ich ê sanc

Nun wie früher tönt mein Sang:
Wird denn niemand wieder froh?
Reichen bringt es keinen Dank,
Und der Jugend ebenso.
Wüsst ich, was sie trauern,
(Dürften dreist mir's sagen)
Wollt ihr Leid ich mitbeklagen!

Wo ein Lieb, von Leid befreit,
Selig bei dem andern ruht,
Denen kommt die Winterzeit,
Denk ich, immerdar zugut.

Sommer oder Winter,
Beide Freuden bringen,
Drum soll beiden Lob erklingen!

Hat der Winter kurzen Tag,
Hat er dafür lange Nacht,
Dass sich Lieb beim Liebsten mag
Lösen aus des Kummers Macht.
Was hab ich gesprochen?
Hätt ich doch geschwiegen!
Werd ich je so bei ihr liegen?

Gegen die Neider

Die zwivelaere sprechent, ez sî allez tôt

Verzagte Zweifler sprechen: es sei nun alles tot,
Und keiner wäre, der noch singe.
Sie sollen doch bedenken die allgemeine Not,
Wie alle Welt mit Sorgen ringe.
Kommt Sangestag, so höret man Singen wohl und Sagen,
Man weiß noch Lieder:
Ich hört ein Vögelein erst jüngst dasselbe klagen,
Das duckte nieder
Und sprach: Ich singe nicht, erst muss es tagen!

Vor edlen Frauen schelten die Losen meinen Sang,
Ich spräche als ein Weiberfeind.
Vereint euch dreist zum Streite, mir ist vor euch nicht bang,
Ein Feigling, wer da mutlos greint!

Wer sprach von deutschen Frauen so schön
ohn Unterlass?
Nur dass ich scheide
Bei ihnen gut und bös: Das ist ihr ganzer Hass!
Lobt ich sie beide
Mit gleichem Preis – welch Rühmen wäre das?

Doch lob ich eine Tugend an euch, o Hass und Neid!
Dass, wenn man euch als Boten sendet,
Ihr bei den Biederleuten so gern zu Hause seid
Und auch den eignen Herren schändet.
Und wenn ihr keinen Biedern, ihr Späher,
könnt erspähn,
Den ihr beschweret,
So hebt in euer Haus euch heim: es muss geschehn,
Dass ihr entehret
Verlognen Mund und missgunstvolles Sehn!

Mit der allgemeinen Not spielt Walther auf die damals in Deutschland herrschenden politischen Wirren an.

Nutzlose Schönheit

Wer gesach ie bezzer jâr?

Sah man je ein besser Jahr,
Sah man je ein schöner Weib?
Doch das tröstet nicht fürwahr
Einen unglücksel'gen Leib!
Wem zu früher Morgenstunde
Schon ein Unglückszeichen kam,
Hat den ganzen Tag nur Gram.

Einer will ich helfen klagen,
Der ich Freuden wünschen wollte,
Dass in diesen falschen Tagen
Schönheit Macht nicht haben sollte.
Hat durch solche Schönheit einst
Ruhm ein ganzes Land bekommen:
Was kann jetzt die Schönheit frommen?

Anklage und Verteidigung

Die Herren jehent, man sülz den frouwen

Die Herren geben schuld den Frauen,
Dass auf der Welt so schlimm es steh –
Sie sehn so froh nicht auf wie je
Und möchten stets zu Boden schauen.
Doch hab ich Gegenred gehöret:
All ihre Freude sei zerstöret,
Und längst schon seien sie verzagt
An Lebenslust und Lust zu leben,
Trost wolle niemand ihnen geben:
Entscheidet nun – hier ist geklagt!

Die Herrin scherzt mir zu bedenklich
Und neckt: ich hätte ausgelobt.
Sie irrt; ich glaube gar, sie tobt!
Ich lobte nie so überschwänglich!
O dürft ich's vor den Wandelbaren,
Ich lobte, die zu loben waren.
Doch das gebt auf in euerm Mut:
Ich lob sie nun und nimmer alle,
Wie es den Argen auch missfalle,
Wenn sie nicht alle werden gut.

Ich kenn sie wohl, die es nicht neidet,
Dafern man rühmt ein reines Weib,
Es blüht so rein ihr süßer Leib,
Dass sie der Reinen Lob wohl leidet.
Ja, Reinheit und ein keusch Gemüte
Gab ihr zumal des Schöpfers Güte.
Der diese zwei zusammenschloss,
Wie konnt er doch so kunstvoll schließen!
Er sollte immer Bilder gießen,
Der dieses eine Bildnis goss!

Es schadet Frauen, schadet Pfaffen,
Wenn Böse mit den Guten gehn:
Denn die den Bösen nahestehn,
Die werden leicht auch Böses schaffen.
....
....
Dass zwei so edle Stände doch
Mit diesen Unverschämten werben!
Denn sicher müssen sie verderben,
Wenn sie die Scham nicht bessert noch!

Weib oder Frau

Wîp daz muoz iemer sîn der wîbe hôhste name

»Weib« muss der Frauen höchster Name bleiben,
Der mehr als »Frau« (dünkt mir) sie ziert und ehrt;
Meint eine, unfein wär's, sich »Weib« zu schreiben,
Die hör zuvor mich, eh sie sich erklärt.
Gibt's Unweiber unter Frauen,
Unter Weibern gibt es keine.
Weibes Name ist zu schauen,

Voller Zartheit nur und Reine.
Ist oft »Frauen« nicht zu trauen,
»Weiber« sind doch alle Frauen.
Dass ein Titel oft nur höhnt,
Ist bei Frau man wohl gewöhnt:
Doch der Name »Weib« sie alle krönt!

Der Minne Brauch

Minne diu hât einen site

Minne freut sich eines Brauchs,
Wenn sie den doch meiden wollte,
Ziemte ihr es gut!
Dient zur Qual manch armen Gauchs,
Den sie doch nicht quälen sollte –
Ach, dass sie das tut!
Ihr sind vierundzwanzig Jahr
Lieber stets als vierzig gar,
Stellt sich übel immerdar,
Wenn sie sehn muss graues Haar.

Minne war gewogen mir,
Schenkte reichlich mir Vertrauen,
Heute nimmermehr.
Wirbt ein Jüngrer jetzt bei ihr,
Pflegt sie scheel auf mich zu schauen,
So von oben her.
Armes Weib, was dünkt sie sich?
Ach, vergeblich schminkt sie sich –
Toren täuscht sie sicherlich:
Sie ist älter doch als ich!

Minne nahm sich nun zum Ziel,
Jungen Gecken Gunst zu wahren
Wie ein albern Kind.
Ob ihr der Verstand entfiel?
Welch ein närrisches Gebaren –
Sie ist wirklich blind!
Stellte sie ihr Rauschen ein,
Wollte sie bescheiden sein –
Stößt sich doch noch obendrein.
Dass mir's schafft im Herzen Pein.

Minne halt es mir zugut:
Während sie so mühsam ringet,
Setz ich still mich her:
Trage einen hohen Mut,
Ähnlich dem, der tanzt und springet –
Und was will sie mehr?
Diene ihr, wie ich's vermag,
Habe sie für Sechse Plag,
Dass sie mir am letzten Tag
Jeder Woche nur behag!

Der Sinn ist: Die Minne mag an den sechs Werktagen von irgendeinem bedient werden, am Sonntag will ich ihr dienen.

Frühlingslied

Der rîfe tet den kleinen vogelen wê

Es tat der Reif den kleinen Vögeln weh,
Da schwiegen sie im Leide;
Jetzt wieder hör ich sie so hold wie eh
Auf neu ergrünter Heide.

Die Blumen stritten mit dem grünen Klee:
Wer länger wäre?
Ich sagte meiner Herrin diese Märe.

Uns hat des Winters Frost und andre Not
Gar viel getan zu Leide.
Ich glaubte schon, nie wieder Blumen rot
Zu sehn auf grüner Heide.
Es schmerzte gute Herzen, wär ich tot,
Die Lust verlangen
Und sonst auch gerne sangen oder sprangen.

Versäumt ich solchen wonniglichen Tag,
Mit Recht ich Tadel leide,
Denn für die Lustbarkeit wär hart solch Schlag –
O weh, dass ich nun meide
Die Freuden alle, deren einst ich pflag.
Dass Gott euch segne:
O wünschet doch, dass mir auch Heil begegne!

Vermischte Gedichte

»O weh, wohin entschwunden
ist mir doch Jahr um Jahr …?«

Ein fahrender Gesell

»Heißen sollt ihr mich willkommen!«

Weltmacht des Goldes

Ich hân gemerket von der Seine unz an die Muore

Ich lenkte von der Seine   bis an die Mur die Schritte,
Vom Po bis zu der Trave   kenn ich der Menschen Sitte:
Die meisten kümmert's nicht,   wie sie erwerben Gut.
Sollt ich's gewinnen so,   dann kusch dich, hoher Mut!
Reichtum war stets begehrt,   nur ging er nimmermehr
Der Ehre vor, doch heut   schätzt man das Geld so sehr,
Dass mit Gewalt bei Frauen   Gold vor die Ehre tritt,
Und spricht im Fürstenrate   sogar bei Kaisern mit.
Weh dir, o Gut, du schufest   des römischen Reichs Verfall,
Du bist nicht gut, denn Übel   geht mit dir überall!

An Leopold von Österreich

Mir ist verspart der saelden tor.

Mir ist versperrt des Glückes Tor,
Ich stehe ganz verwaist davor,
Und helfen will mir nimmer all mein Klopfen.
Ein größer Wunder gibt's wohl nicht,
Es fällt um mich der Regen dicht,
Doch mich trifft nicht der allerkleinste Tropfen.
Des Fürsten Gunst von Österreich
Erfrischt fruchtbarem Regen gleich
Ringsum die Leute und das Land.
Er ist wie eine farbenbunte Heide,
Auf der man pflückt der Blumen Pracht;
Wär mir ein Blatt nur dargebracht
Von seiner gabenreichen Hand,
So lobt ich laut die süße Augenweide:
Dies sei zur Mahnung ihm gesandt!

Walthers Gönner am Wiener Hof, Friedrich der Katholische, starb 1198 in Palästina. Bei dessen Nachfolger Leopold erfreute sich Walther zunächst nur geringer Gunst.

Neuer Lebensmut

Dô Friderich ûz Oesterrîche alsô gewarp

Als Östreichs Herzog Friedrich so großes Heil erwarb,
Dass er genas am Geiste, als ihm der Leib erstarb,
Da senkte ich den stolzen Schritt zur Erde,
Da ging ich gleich dem Pfaue, und schlich, wohin ich ging;

Das Haupt mir tief hernieder gesenkten Auges hing –
Jetzt heb ich's hoch mit fröhlicher Gebärde.
Zum eignen Herd bin ich gekommen,
Krone und Reich hat mein sich angenommen –
Wohlauf! Wer tanzen mag, ich will ihm geigen.
Vergessen hab ich, was ich litt,
Ich geh aufs neu den alten stolzen Schritt
Und fühle meine Kühnheit wieder steigen!

Der Spruch ist vermutlich 1198 nach der Aufnahme bei Philipp von Schwaben gedichtet.

Wiener Gastlichkeit

Ob ieman spreche der nû lebe

Kann einer sagen, der da lebe,
Ob reichlicher Geschenk es gebe,
Als wir beim Wiener Fest empfangen haben?
Man sah den jungen Fürsten schenken,
Als wollt er an den Tod schon denken:
Es wurden Schätze schier verteilt an Gaben.
Man gab da nicht zu dreißig Pfunden,
Nein, Silber gar, als wär's gefunden,
Man gab auch fürstliches Gewand.
Es ließ der Fürst, das fahrend Volk zu freuen,
Die Böden und die Keller leeren;
Und Rosse, als ob's Lämmer wären,
Verschleudert er mit offner Hand.
Da brauchte keinen alte Schuld zu reuen,
Wo er so reiche Großmut fand!

Das Lied schildert das Fest der Schwertleite Leopolds am 28. Mai 1200. Schwertleite ist die Aufnahme eines Knappen in die Ritterschaft.

Der Eisenacherhof (1204–1208)

Der in den ôren siech von ungesühte sî

Ich rate jedem an, wer am Gehöre leidet,
Dass er Thüringens Hof zu Eisenach vermeidet:
Denn wer dort weilt, wird sicher ganz betört.
Ich drängte auch herzu, bis ich's so weit gebracht;
Abwechselnd ein und aus ziehn Gäste Tag und Nacht.
Ein Wunder, dass man bei dem Lärm noch hört!
Der Landgraf lebt so wohlgemut,
Dass er mit stolzen Helden verschwendet Hab und Gut,
Davon ein jeder wohl ein Kämpe wär!
Um seinen Übermut ist es nichts Kleines:
Denn koste tausend Pfund ein Fuder guten Weines –
Es blieb doch keines Ritters Becher leer!

Dieser Spruch entstand zwischen 1198–1203, als Walther umsonst versuchte, beim Thüringer Landgrafen Aufnahme zu finden.

Dank und Glückwunsch

Mir hât ein lieht von Franken

Mir hat ein Licht von Franken
Der stolze Meißner mitgebracht:
Ludwig schenkt mir's zu eigen.
Ich kann dafür nicht danken
So schön, als meiner er gedacht –
Ich kann mich tief nur neigen.
Könnt ich, was einer Gutes kann,
Ich teilt es mit dem teuern Mann,
Durch den ich solche Huld gewann.
Gott mög auch seine Huld ihm immer mehren.

Ihm fließe Segensüberfluss,
Kein Wild entgehe seinem Schuss,
Der Meute Lauf, der Hörner Gruß
Erhall ihm und erschall ihm stets zu Ehren!

An Herzog Bernhard von Kärnten

1.

Ich hân des Kerendaeres gâbe dicke enpfangen

Oft hat der Herr von Kärnten mir seine
Gunst gezeigt,
Macht ihn ein Missverständnis nun meiner abgeneigt?
Wähnt er vielleicht, ich zürnte? O nein, wie dächt
ich dran?
Was ihm geschah, geschah wohl schon manchem
milden Mann.
War mir's auch leid, so war's ihm selbst noch leider,
Er hatte mir versprochen neue Kleider.
Nun zürn er andern, wenn ich nichts von seiner
Güte sah;
Ich weiß es doch: Wer gern gewährt und ständig
spricht sein Ja,
Der gab auch gern, wär es nur immer da.
Und dieser Zwist,
Gott weiß es, ist
Die Schuld nicht unser beider.

2.

I'n weiz wem ich gelîchen muoz die hovebellen

Wem soll ich die vergleichen, die da bei Hofe bellen,
Als Mäusen, die sich selber verraten durch die Schellen?
Fährt Schmeichlers »Herr« und Klingklang zum
Mäuseloch hinaus,
Ein Schalk, ein Schalk! ruft hier es, und dort ruft's:
eine Maus!
Vergönn mir's, Kärntner, dass ich mich beschwere,
Freigebger Fürst und Märtyrer um Ehre,
Ich weiß nicht, wer an deinem Hof verdrehet, was
ich singe,
Schon ich ihn deinetwegen nicht, ist er nicht
zu geringe,
Zu schnellem Nachhieb ich mein Schwert dann
schwinge!
Dem, was ich sprach
Und sang, forsch nach
Und forsch auch, wer's verkehre?

In manchen Gegenden hängt man gefangenen Mäusen Schellen um und lässt sie wieder laufen, um die andern zu vertreiben.

An Landgraf Hermann (um 1211)

Ich bin des milten lantgrâven ingesinde

Der milde Landgraf zählet mich zu seinem
Ingesinde,
Drum ist's mein Brauch, dass ich mich auch stets bei
den Besten finde.
Mild sind auch andre Fürsten zwar – jedoch:

Beständig nie, wie er es war – und wie er's heute noch!
Milder als er kann keiner sich gebaren,
Und nie lässt Launen er an sich erfahren.
Wer heuer prunkt und übers Jahr so kärglich lebt als je,
Des Ruhm erblüht und welkt alsdann so schnell wie
Gras und Klee.
Doch Thürings Blume lacht selbst durch den Schnee:
Ob's Maienzeit,
Ob's stürmt und schneit –
Sein Ruhm weiß dauernd sich zu wahren.

Berufung an Herzog Leopold

1.

Nû wil ich mich des scharpfen sanges ouch genieten

Nun will ich länger nicht den scharfen Sang
verhehlen,
Wo ich bescheiden bat, will ich nun dreist befehlen.
Ich seh, dass Herrengut und Weibes holden Gruß
Man heute durch Gewalt allein erringen muss.
Klingt höflich mein Gesang, so klagt man's Stollen:
Da bleiben mir am Ende nur die Knollen!
Nun mäste sich die Bosheit hier, da sie den Sieg errang.
In Österreich erlernte ich den rechten Liedersang,
Drum sei, dort zu beklagen mich, dahin mein
erster Gang:
Wenn Leopold
Mich tröstet hold,
So leb ich wieder bald im Vollen.

2.

In nomine dumme! ich wil beginnen, sprechent âmen

In nomine domini fang ich an – sprechet ihr dazu: Amen!
(Das hilft uns wider Missgeschick und wider des
Teufels Samen)
Ich möchte singen also nun in dieser Melodie:
Wer höfische Sangeslust uns stört, der werde
fröhlich nie!
Wohl hab ich hofgemäß bisher gesungen,
Doch Unkunst hat mein künstlich Lied bezwungen,
Dass heutzutag bei Hofe kunstlose Art nur gilt
Und, statt dass man mich ehret, um meine
Lieder schilt.
Herzog aus Östreich, jetzt entscheide dich:
Schaff Wandel du,
Denn sonst im Nu
Verwandelt meine Zunge sich!

Beide Sprüche entstanden wohl in der letzten Zeit des Thüringer Aufenthaltes und sind nach Wien gerichtet.

Ungastliches Kloster

Man seit mir ie von Tegersê

Man pries von je
Mir Tegernsee
Als Haus, das gastlich offen steh:
Es schreckte mich
Der Umweg nicht
Von einer Meile wohl vom graden Wege.
Ich bin ein wunderlicher Mann,

Dass ich mir selbst nicht raten kann,
Und stets zu fremdem Volke Zutraun hege.
Ich schelt es nicht, doch gnade Gott uns beiden!
Man gab mir Wasser,
Und um so nasser
Musst von des Abtes Tisch ich scheiden.

Die berühmte Benediktinerabtei, gestiftet 736, aufgehoben 1804.

Der Bogner

1.

Ich bin dem Bogenaere holt

Dem edeln Bogner bin ich hold
Auch ohne Lohn und ohne Sold,
Denn noch konnt ich von seiner Huld nichts haschen –
So füll er Russen, Polen denn die Taschen,
Ich will ihm drob nicht grollen allzu sehr.
Ein Meister könnt ihn würdger preisen,
Als der Schmarotzer feile Weisen,
Lohnte er höfische Meister mehr!

2.

Den diemant, den edeln stein

Den edlen Stein, den Diamant
Gab mir des schönsten Ritters Hand:
Und ohne Bitte ward die Gabe mein.
Doch lob ich nicht die Schönheit nach dem Schein.
Wohltätger Mann ist schön und wohlerzogen,
Das Äußre lässt aufs Innre schließen,

So wird auch beidem Lob ersprießen,
Wie dem von Katzenellenbogen.

Dieter von Katzenellenbogen; nahm 1219 das Kreuz, kehrte 1222 zurück und starb 1244 (?). Er wohnte auf Schloss Lichtenberg im Odenwald.

Der Hof zu Wien

(Nach Friedrichs Tod – 1198)

Der hôf ze Wiene sprach ze mir

Es sprach der Wiener Hof zu mir,
»Ich sollte, Walther, lieb sein dir,
Nun bin ich leid dir – das mag Gott erbarmen!
Mein Ansehn war sonst mächtig gar,
Dass keiner darin größer war,
Als König Artus Hof: o weh mir Armen!
Wo sind Ritter hin und Frauen,
Die bei mir man sollte schauen?
Seht, wie jammervoll ich steh!
Morsch sind Dächer mir und Wände,
Und mich minnet niemand leider!
Rosse, Silber, Gold und Kleider,
Alles gab ich hin von je:
Hab nun weder Kränzlein noch Gebände
Und zum Tanz kein Weib – o weh!«

Dieser Spruch geißelt das Sparsystem des sonst so freigebigen Wiener Hofes, das dort wegen der Vorbereitungen zur 1217 angetretenen Kreuzfahrt Leopolds herrschte.

Drei Heimstätten

Die wîle ich weiz drî hove sô lobelîcher manne

Seit mir bekannt drei Höfe, wo Ehrenmänner hausen,
Kann ich am Wein mich letzen, aus vollen Pfannen schmausen.
Der biedre Patriarch, der alles Tadels frei,
Ist einer – und als Trost nenn ich als Nummer zwei
Euch Leupold, Fürst zu Steier und Herr von Österreiche,
Es lebt wohl keiner mehr, der ihm an Ruhme gleiche.
Sein Lob ist nicht ein Löblein: – er will, er hat, er tut.
Der dritte ist sein Oheim, hat milden Welfen-Mut:
Nichts fehlt zu seinem Ruhme, der bleibt im Tod selbst gut.
Not ist's nicht mehr,
Dass ich umher
Nach Herberg ferner streiche.

Der Patriarch: Graf Berthold von Andechs, seit 1218 Patriarch von Aquileja. Der Oheim: Herzog Heinrich von Mödling bei Wien († 1223). Mit dem milden Welf ist Welf IV. von Bayern gemeint; er starb 1191 zu Memmingen, wo er zwölf Jahre lang ein Schwelgerleben geführt hatte.

An den österreichischen Adel

Dô Liupolt sparte ûf gotes vart, ûf künftig êre

Als er für künftge Ehre zum Kreuzzug hat gespart,
Da sparten mit Herrn Leupold die Fürsten gleicherart.
Sie schlossen ihre Truhen und wagten nichts zu geben –
Recht so! Denn nach dem Beispiel des Hofes soll man leben.

Dass sie durch Milde nicht den Herrn beschämen wollten,
War brav; sie handelten so wie sie handeln sollten.
Stets wahrten Östreichs Helden sich höfisch-edlen Mut,
Sie sparten seinetwegen – nur billig war's und gut;
Nun solln auch seinetwegen sie spenden – wie er's tut!
Folgt ihr dem Beispiel nicht, so werdet ihr gescholten!

Nach der Rückkehr Leopolds aus Palästina gedichtet, 1219.

Die Verwünschung

Herzoge ûz Osterrîche, lâ mich bî den liuten

Leupold von Österreich, lass mich doch bei den Leuten:
Wünsch mich zum Felde nicht noch Wald: ich kann nicht reuten!
Ich weil so gerne hier, wo gern gesehn ich bin;
Du wünschest Biedre oft – du selbst weißt nicht – wohin!
Wünschest du mich hinfort, so tust du mir's zuleide,
Gepriesen sei der Wald, gesegnet sei die Heide,
Und stets gefall dir's dort! Nun schau, wie mag dies sein:
Ich wünsche dich dahin, wo Freuden warten dein!
Und du verwünschest mich ins Ungemach der Heide?
Geh du hin, mich lass hier – dann sind wir glücklich beide!

Einer Überlieferung nach soll Herzog Leopold Walther in die Wildnis verwünscht haben mit den Worten: »Ich wollte, dass du im Treisamer holtze stecktest, wo der wald am dicksten ist.«

Notlüge

Bî den liuten nieman hât

Niemand hat sich wohl erwählt
Angemessnern Trost denn ich!
Wenn mich Not und Sehnsucht quält,
Schein ich froh und tröste mich.
Also hab ich oft mich selbst betrogen,
Andrer wegen Freude mir erlogen –
Doch solch Lügen lohnet sich.

Mancher, der mich ansieht, denkt,
Glücklich sei mein Herz und froh;
Freude ward mir nicht geschenkt,
Werd ich froh, geschieht's nur so:
Werden deutsche Männer wieder gut,
Tröstet die mich, die mir weh jetzt tut,
Dann werd ich auch wieder froh!

Gerhard Atze

1.

Mir hât hêr Gêrhart Atze ein pfert

Mir hat Herr Gerhard Atz ein Pferd
Zu Eisenach erschossen:
Der Herr, in dessen Dienst wir stehn,
Der soll die Sache schlichten.
Es war drei Mark und drüber wert;
Nun höret, welche Possen,
Jetzt, wo es soll ans Zahlen gehn,
Der Atz weiß zu erdichten.

Er flunkert ohne Fähre:
Mein wertes Rösslein wäre
Verwandt mit jener Mähre,
Die jüngst zu seinem Leid
Den Finger ihm zerbissen!
Er will genau es wissen –
Bei Wasser, Luft und Erde
Beschwör ich's jederzeit:
Dass fremd sich die zwei Pferde –
Wer sagt mir vor den Eid?

2.

Rît ze hove, Dieterich!

»Zu Hofe reite, Dieterich!«
Ich kann nicht, Herr! – »Was hindert dich?«
Ich hab kein Ross, um hinzutraben!
»Ich leih dir eines, fehlt es dir.«
Wohlan, so reit ich gleich von hier!
»Noch einen Augenblick – dann sollst du's haben.
Doch sag: willst lieber du nicht eine goldne Katze,
Wie? Oder doch den wunderlichen Gerhard Atze?« –
Gott steh mir bei, und fräß es Heu, das wär ein seltsam Pferd.
Dem gehn die Augen um wie einem Affen,
Und wie ein Göckelhahn ist er beschaffen:
Doch gebt mir nur den Atzen her, so ist mein Wunsch gewährt! –
»Dann krümm das Bein, und reit zu Fuß –
Weil du den Atze hast begehrt.«

Ein Spottlied auf den treulosen Ritter Atze.

Drei Wünsche

Drî sorge habe ich mir genomen

Drei Wünsche hab ich. Wenn sich die erfüllen,
So würde sich mir all mein Kummer stillen,
So könnt's nicht besser stehn mit meinen Dingen.
Jedoch, was mir auch mag geschehen,
Ich will sie nicht geschieden sehen –
Mit allen dreien müsst es mir gelingen!
Zuvörderst müh ich mich, dass ich gewinne
Des Himmels Huld und meiner Herrin Minne,
Das dritte ist der schöne Hof von Wien,
Der spottete bisher all meiner Mühn
Und wusste sich mir leider zu entziehn.
Nicht eher ruh ich, bis es mir gelungen,
Dass ich der Treu und Tugend Ort errungen.
Da sah man Leupolds Hand wohl Tag für Tag
Wohltun und spenden, ohn dass sie erschrak!

An den Markgrafen Dietrich von Meißen

1.

Ich hân dem Mîssenaere

Oft sang ich ungeheißen
Zum Ruhme des von Meißen,
Dafür gedenkt er übel mein.
Was soll ich's noch beschönen?
Hätt ich ihn können krönen,
Die Krone wäre heute sein!
Hätt ich nun bessern Lohn gesehn,
Ich wollt ihm noch zu Diensten stehn

Und könnte Trost ihm spenden.
Doch denkt er nicht so billig jetzt,
Dass er den Schaden mir ersetzt;
So lassen wir's bewenden.
Doch viel verdirbt,
Weil man darum nicht wirbt!

2.

Der Mîssenaere solte

Der Meißner sollte willig
Mir büßen, dächt er billig;
Von meinen Diensten bin ich still.
Mein Lob sollt er vergelten;
Ich lob ihn künftig selten,
Wenn er mich selbst nicht loben will.
Denn lob ich ihn, lob er mich auch.
Dafür will ich nach gutem Brauch
Ihm alles andre lassen.
Nun werde mir sein Lob zuteil,
Sonst nehm ich meins zurück in Eil
Zu Hof, auf Markt und Gassen.
Schon gar zu lang
Erwart ich seinen Dank.

Deutschland voran!

Ir sult sprechen willekomen

Heißen sollt ihr mich willkommen,
Der euch Neues meldet, das bin ich!
Was ihr alles sonst vernommen,
War nur Wind – drum fraget jetzo mich!

Aber Lohn will ich;
Wenn ihr den nicht scheut,
Will ich manches melden.
Was das Herz erfreut!
Seid bedacht und ehret mich!

Deutschen Frauen will ich sagen
Solche Märe, dass sie aller Welt
Wohl von Herzen soll behagen:
Und ich tu es ohne Gut und Geld.
Denn wer nähm als Sold
Wohl von Frauen Lohn?
Drum sag ich bescheiden:
Es erfreut mich schon,
Grüßen sie mich lieb und hold!

Länder hab ich viel gesehen,
Und die besten prüft ich allerwärts.
Übles möge mir geschehen,
Würde je abtrünnig mir das Herz,
Dass mir wohlgefalle
Fremder Sitte Brauch;
Wenn ich unwahr spräche,
Sagt, was hilf mir's auch?
Deutsche Zucht geht über alle!

Von der Elbe bis zum Rheine
Und zurück bis in das Ungarland
Sind die besten Fraun alleine,
Die ich auf der weiten Erde fand.
Weiß ich recht zu schauen
Wackern Sinn und Leib,
Helf mir Gott – ich schwöre,

Dass das deutsche Weib
Besser ist als andre Frauen!

Deutscher Mann ist wohlerzogen,
Deutsche Fraun sind engelschön und rein,
Wer sie tadelt, hat gelogen,
Anders kann es wahrlich nimmer sein.
Zucht und reine Minne,
Wer die finden will,
Such in deutschen Landen,
Da gibt's wunderviel –
Lebt ich doch noch lang darinne!

Der ich schon lange diene
und für immer dienen will,
von der werd ich nicht lassen.
Sie dagegen tut mir so viel Leid,
Sie verletzt mich
Im Herzen und im Sinn.
Nun vergebe ihr Gott, dass sie mir Unrecht tut:
Vielleicht ändert sie dann noch ihr Verhalten.

Dieses Lied verbreitete sich bald nach Bekanntwerden allgemein. Ulrich v. Lichtenstein singt davon in seinem Frauendienst »Dies Lied mir in das Herze klang, Es tat im Innern mir so wohl. Denn ich ward da von Freuden voll. Es schien so süß mir, schien so gut, Von ihm ward ich gar frohgemut.«
(Ergänzt wurde hier die von Zoozmann nicht übersetzte und nicht in allen Handschriften überlieferte Strophe VI; Anm. d. Red.)

Wahre Ehre

Mir îst diu êre unmaere

Ehre meid ich gerne,
Die mir Schande einträgt übers Jahr,
Dass ich klagen lerne:
»Weh mir! Sonst war's anders – doch es war!«
So hab ich mir denn manchen Kranz versagt,
Nach Blumen nicht gefragt;
Wer Rosen bricht, hat oft den Dorn verklagt.

Wer sich als Verwalter
So bewährt, dass man ihn loben mag,
Hat ein schönes Alter:
Ihn verdrießet nicht ein halber Tag.
Erfreut ist jeder, der im Tanze springt,
Des Herz nach Ehre ringt:
Weh dem, der seinen Freund in Schande bringt.

Immer soll man fragen,
Wie es um das Herz des Mannes steht.
Wem's nicht will behagen,
Der vergisst, wie schnell die Zeit vergeht.
Wohl mancher scheint in fremden Augen gut
Und hat doch falschen Mut:
Wohl ihm bei Hof, der Recht zu Hause tut!

Klage und Hoffnung

Leider ich muoz mich entwenen

Leider muss ich mich entwöhnen
Mancher Wonne, die ich einstmals sah:

Wonach soll sich einer sehnen,
Der nie glauben mag, was einst geschah?
    Wie so wenig kennt der Freudigkeit!
Sehnsucht ist's, die Lust und Weh zugleich verleiht.
Ungemach, du gehst mir nah!

    Lang schon dient ich dir, o Welt,
Und ich diente dir auch gern in Zukunft mehr –
Doch der Lohn mir nicht gefällt,
Oder glaubtest du, ich merk es schwer?
    Ach, ich merk es gut an einem Brauch:
Was ich nur erfleh – sei es mit Tränen auch –
Einem Toren gibst du's ehr!

    Wüsst ich, wie ich's werben mag!
Heutge Sitte widerstehet mir!
Werb ich, wie man ehmals pflag,
Glückt mir's nicht: Rat weiß ich keinen hier.
    Eine einzge Hoffnung macht mich froh:
Dass der Unbescheidnen Werbung anderswo
Beifall mehr hat als bei ihr!

Lebensneige

Ir reinen wip, ir werden man

    Ihr werten Männer, reinen Frauen,
Nun ziemt sich's, dass man mir den Zoll
Ehrfürchtgen Grußes bieten soll
Und tiefer ihn als sonst lass schauen.
    Ihr habt nun bessern Grund als je vorher;
Fragt ihr warum? So habt Bescheid:
Wohl vierzig Jahre sang ich oder mehr

Von Minnelust und -seligkeit.
Gleich andern hoff ich Glück und Heil:
Nun hab ich keins, ihr habt's allein.
Mein Sang soll euch stets dienstbar sein –
Und euer Dank nur sei mein Teil.

Nun lasst fortan mich gehn am Stabe,
Auf dass ich werb um Würdigkeit
Mit unverzagter Freudigkeit,
Wie ich's gehalten schon als Knabe.
So werd ich, zwar gering, in Ansehn dennoch sein
Und fröhlich ob geringer Ehr –
Die Bösen kränkt's, ob mich es kümmert? Nein!
Mich ehrt der Wackre desto mehr.
Die Würde Edler ist so gut,
Man muss das höchste Lob ihr geben –
Es gibt kein lobenswerter Leben,
Als wer recht bis ans Ende tut.

Ich hatt ein schönes Bild erkoren,
Weh mir, dass ich es je gesehn,
Und ach, ihm Rede musste stehn,
Da's Reiz und Sprache nun verloren!
Ach, alles floh – wohin, das weiß ich nicht:
Das Bildnis schwieg mir fürder ganz.
So kerkerbleich ward's rosige Gesicht,
Den Duft verlor es und den Glanz.
Mein Bild, sollst du mein Kerker sein,
So lass mich nur heraus aus dir,
Ein Wiedersehen feiern wir –
Ich muss doch noch in dich hinein!

Welt, wie du lohnst, hab ich gesehen:
Was du mir schenktest, nimmst du mir.

Wir scheiden alle nackt von dir –
Schäm dich, soll's mir auch so ergehen!
Ich habe Leib und Seel (das war zu viel)
Wohl tausendmal gewagt um dich.
Nun, wo ich alt, treibst du dein Gaukelspiel –
Und zürn ich, so verlachst du mich.
O, lache eine Weile noch,
Dein Jammertag wird auch bald kommen.
Der nimmt dir, was du uns genommen –
Und brennt dich dann zur Strafe doch!

O könnt ich froh gen Himmel fahren!
Wie manchem doch mit meinem Lied
Ich Lust und Fröhlichkeit beschied –
Konnt ich dabei mich selbst bewahren?
Irdischer Liebe Lob tat weh der Seele:
Es sei nur Lüge – sagte sie –
Wo wahrer Liebe Stetigkeit nie fehle,
Da sei stets Freude, Täuschung nie!
Mensch, flieh ein Glück, das trügerisch,
Und halte treue Minne wert:
Mich deucht, die du bisher begehrt,
Sei nicht bis auf die Gräte Fisch!

An Frau Welt

Werlt, du ensolt niht umbe daz

Zürne, Welt, mir nicht so sehr,
Wenn ich auf Belohnung denke,
Grüße mich ein wenig mehr,
Einen Liebesblick mir schenke.
Du kannst mich wohl pfänden

Und mein Glück beenden,
Das steht, Frau, in deinen Händen.

Du hast manches gute Ding,
Deren eins sollst du mir schenken;
Welt, mein Dank wär nicht gering,
Was du solltest wohl bedenken.
Wich ich Spannenbreite
Je von deiner Seite,
Sprich, seitdem ich dir mich weihte?

Doch wie soll ich folgen dir,
Suchst du dich mir zu entwinden?
Willst du dich entziehen mir?
Nun, ich werde mich drein finden.
Groß ist deine Eile,
Mir wird, ob ich weile,
Nur Verschmähn von dir zuteile.

Wie ist denn dein Herz bestellt
Wider mich? Bei mir ist gut,
Was ich will. Was willst du, Welt?
Willst du mehr als hohen Mut?
Willst du bessres Leben,
Als an dem dich eben
Zu erfreun, was ich gegeben?

Tu, o Welt, was ich dich bitt:
Folge weiser Leute Tugend.
Du verdirbst dich selbst damit,
Nimmst du nur der Toren Jugend.
Mach, dass alte Ehren
Wieder zu dir kehren
Und dein Ingesind belehren.

Abschied von der Welt

Frô Werlt, ir sult dem wirte sagen

Herr Walther

Frau Welt, ihr sollt dem Wirte sagen,
Dass ich ihn längst befriedigt habe,
Die ganze Schuld ist abgetragen,
Dass er vom Brett die Kreide schabe!
Wer ihm was schuldet, mag wohl sorgen;
Eh ich in seinem Schuldbuch ständ,
Wollt ich beim Juden lieber borgen.
Er schweigt bis an den letzten Tag,
Dann aber nimmt er sich ein Pfand,
Wenn jener nicht bezahlen mag.

Frau Welt

Du zürnest ohne Ursach, Walther,
Du bleibst noch länger hier bei mir.
Ich war dein Ehrenschatz-Behalter,
Und allen Willen ließ ich dir,
Sooft du etwas dir erbatest!
Nur dieses drückte mich zuschwerst,
Dass du es, ach, so selten tatest.
Drum überleg's: Hier lebst du gut,
Doch wendest du von mir dich erst,
So wird dir nimmer froh zumut!

Herr Walther

Frau Welt, ich hab zu lang gesogen,
Mich zu entwöhnen ist es Zeit.
Mich hat dein Liebesblick betrogen,

Er, der so süße Lust verleiht.
    Solang ich dir ins Auge schaute,
Dein Antlitz wonnig mich erquickte,
Dass ich von Herzen dir vertraute.
    Doch hässlich warst du ganz und gar,
Als ich von rückwärts dich erblickte,
Drum schelt ich dich auch immerdar.

Frau Welt

    Nun, kann ich dich nicht halten weiter,
Tu eines noch, was ich begehr:
Denk manches Tages, froh und heiter,
Und schau noch manchmal zu mir her,
    Falls Langeweile dich bedrücke.

Herr Walther

Des will ich gerne sein bedacht,
Müsst ich nicht fürchten eure Tücke,
    Vor der sich niemand recht bewahrt.
Gott geb, Frau Welt, euch gute Nacht:
Zur ewgen Herberg geht die Fahrt!

Vermächtnis

Ich wil nû teilen, ê ich var

    Ich teile, eh ich scheide, nun
Mein fahrend Gut und liegend Land,
Damit deshalb der Streit mag ruhn,
Was dem und dem sei zuerkannt.
    All mein Unglück will ich denen lassen,

Die da immer neidisch sind und hassen,
Und der Reue Bitterkeit.
All mein Grämen
Soll der Lügner nehmen,
All mein töricht Sinnen
Kriegen jene, die so treulos minnen –
Und den Frauen geb ich Sehnsuchtsleid.

Nun wartet, lasst mich wiederkommen,
Jetzt weiß ich, wie die Fraun gesinnt.
Auch hab ich eine Kunst vernommen,
Wie mancher vieler Gunst gewinnt.
Leib und Seligkeit will ich verschwören,
Keine sollte meiner sich erwehren.
Gott behüte! Was ich sage!
Richten sollte,
Wenn Gott wollte,
Alle, die so frevelnd schwüren,
Dass die Augen aus dem Kopfe führen
Und sie zehnmal stießen sich am Tage!

Einst und jetzt

Owê war sint verswunden alliu mîniu jâr!

O weh! Wohin entschwunden ist mir doch Jahr um Jahr?
War nur ein Traum mein Leben? Ach, oder ist es wahr?
Was ich als wirklich wähnte, war's nur ein Traumgesicht?
So hätt ich denn geschlafen und wüsst es selber nicht?
Nun bin ich wach geworden und mir blieb unbekannt,

Was mir zuvor vertraut war   wie meine eigne Hand.
Und Leut und Land, darin ich   von Kindheit an erzogen,
Sind mir so fremd geworden,   als wär es schier erlogen.
Die mir Gespielen waren,   sind heute träg und alt,
Umbrochen ist der Acker,   geforstet ist der Wald.
Wenn nicht genau wie einstmals   noch heut das Wasser flösse,
Fürwahr, ich wähnte wirklich,   dass Unglück mich umschlösse.
Mich grüßet lauwarm mancher,   der sonst mich gut gekannt,
Die Welt ist voller Ungnad   und fiel aus Rand und Band.
Mit Schmerz denk ich an manchen   so wonnevollen Tag,
Der spurlos mir zerronnen   als wie ins Meer ein Schlag:
Für Ewigkeit, o weh!

O weh, wie sich gehaben   die jungen Leute nun,
Wie sind sie voller Kleinmut   und wie verzagt sie tun!
Sie wissen nur von Sorgen,   doch warum tun sie so?
Wohin den Blick ich wende,   ich sehe keinen froh.
Das Tanzen, Lachen, Singen   verging in Not und Leid,
Nie hört ich Christen klagen   ob solcher Jammerzeit.
Seht an den Schmuck der Frauen,   der einst so zierlich stand,
Selbst stolze Ritter tragen   ein bäurisches Gewand.
Jüngst sind uns Unglücksbriefe   von Rom zuhand gekommen:
Man gab uns Recht auf Trauern,   die Freude ward genommen.
Nun schmerzt mich's tief – wir lebten   dereinst so freudenvoll –
Dass ich mein lustig Lachen   in Tränen tauschen soll.
Die Vögel unterm Himmel   betrübt selbst unsre Not:

Was Wunder, wenn's mich selber betrübt bis in den Tod?
Ich dummer Mann, was sprech ich im Zorn manch unnütz Wort?
Wer Erdenwonnen nachgeht, verscherzt die andern dort:
Für Ewigkeit, o weh!

O weh, man hat vergiftet uns mit der Süßigkeit,
Im Honig seh ich schweben die Galle allezeit.
Die Welt ist außen lieblich, ist weiß und grün und rot,
Doch innen schwarz von Farbe und finster wie der Tod.
Wen sie verführt, verleitet, der suche Trost und Heil,
Ihm wird für kleine Buße Verzeihung noch zuteil.
Daran gedenkt, o Ritter, auf dass es euch gelinge,
Ihr tragt die hellen Helme, tragt Panzer, Kettenringe,
Dazu den Schild, den festen, und das geweihte Schwert;
Wollt Gott, ich selber wäre solch eines Sieges wert!
So wollt ich armer Sünder verdienen reichen Sold,
Nicht mein ich Kufen Landes, nicht mein ich Fürstengold:
Des ewgen Lebens Krone, die wollt ich selig tragen,
Die leicht ein Söldner könnte mit seinem Speer erjagen.
Könnt ich die sel'ge Reise doch wagen über See,
So wollt ich jubelnd singen und nimmermehr o weh –
Für ewig nicht, o weh!

Mit den Briefen ist wohl der im September 1227 gegen Kaiser Friedrich geschleuderte Bannstrahl gemeint.

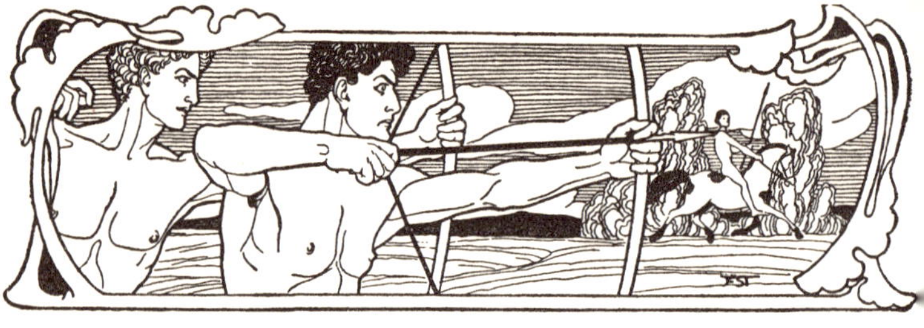

In Kaisers Diensten

»Herr Kaiser, seid uns hochwillkommen!«

Wahlstreit

1. Die drei Dinge

Ich saz uf eime steine

Ich saß auf einem Steine
Und deckte Bein mit Beine,
Den Ellenbogen stützt ich auf
Und schmiegte in die Hand darauf
Das Kinn und eine Wange.
So grübelte ich lange:
Wozu auf Erden dient dies Leben?
Und konnte mir nicht Antwort geben,
Wie man drei Ding erwürbe,
Dass keins davon verdürbe.
Die zwei sind Ehr und irdisch Gut,
Das oft einander Abbruch tut,
Das dritte Gottes Segen,

Der allem überlegen.
Die hätt ich gern in einem Schrein;
Doch leider kann dies niemals sein,
Dass weltlich Gut und Ehre
Mit Gottes Gnade kehre
In ganz dasselbe Menschenherz.
Sie finden Hemmnis allerwärts:
Untreu hält Hof und Leute,
Gewalt geht aus auf Beute,
Gerechtigkeit und Fried ist wund,
Die drei genießen kein Geleit,
Eh diese zwei nicht sind gesund.

2. Der Waise

Ich hörte ein wazzer diezen

Ein Wasser hört ich quellen,
Sah drin die Fische schnellen;
Ich schaute alles auf der Welt:
Laub, Gras und Röhricht, Wald und Feld,
Was kriecht und fliegt und geht
Und auf den Beinen steht.
Dies sah ich und verkünde das:
Nicht eins davon lebt ohne Hass.
Das Wild und das Gewürme,
Die streiten heftge Stürme;
So auch die Vöglein unter sich,
Doch tun sie dies einmütiglich,
Sonst würden sie zunichte,
Wenn keiner ist, der richte.
Sie küren Könige, ordnen Recht
Und setzen Herren ein und Knecht.
O weh dir deutschem Lande,
Wie fällst du doch in Schande –

Die Mücke wählt sich einen Herrn,
Und du bist aller Würde fern!
Bekehre dich! Und mehre
Nicht noch der Fürsten Ehre.
Die armen Könige drängen dich,
Den Waisen setz dem Philipp auf
Und andere lass beugen sich!

3. Der Klausner

Ich sach mit mînen ougen

Ich prüfte mit den Augen,
Was Mann und Frau wohl taugen?
Ich sah und hörte nach und nach,
Was jeder tat, was jeder sprach.
Zu Rom hört ich mit Lügen
Zwei Könige betrügen.
Daraus entstand der größte Streit,
Der wohl gewesen aller Zeit:
Ich sah sich wild entzweien
Die Pfäfflein und die Laien.
Die Not war über alle Not,
Es wurden Leib und Seele tot –
Die Laien durften siegen,
Die Pfaffen unterliegen.
Da ließen sie die Schwerter ruhn
Und trugen Priesterkleider nun:
Sie bannten, wen sie wollten,
Nicht wen sie bannen sollten,
Bald lag im Schutt manch Haus des Herrn.
Da hört ich einen Klausner fern
In seiner Zelle klagen
Und unter Tränen sagen

Dem Himmlischen sein Herzeleid:
O weh, der Papst ist allzu jung,
Hilf, Herrgott, deiner Christenheit!

Das Spruchgedicht 1 bezieht sich wohl auf die Zerrüttungen in Deutschland nach Heinrichs VI. Tode. Dieser starb 28. Sept. 1197 und es wurde von den staufisch gesinnten Fürsten (da der Papst Heinrichs dreijährigen Sohn, den späteren Kaiser Friedrich II., nicht anerkannte) Heinrichs Bruder Philipp von Schwaben, der jüngste Sohn Barbarossas, zum König gewählt, der für den unmündigen Knaben die vormundschaftliche Regierung führte. Die welfische Partei erhob zum Gegenkönig den zweiten Sohn Heinrichs des Löwen, Otto von Braunschweig, den späteren König Otto IV. In der im ersten Teil angedeuteten Stellung ist der Dichter in der Pariser und Weingartner Handschrift abgebildet.
Der Spruch 2 bildet wohl eine Aufforderung, der Herrscherlosigkeit des Reiches ein Ende zu machen. Die »armen Könige« sind die im Vergleich zu Philipp unbedeutenden Mitbewerber um den deutschen Thron. Der Waise ist der wertvollste Edelstein in der deutschen Kaiserkrone, den der Sage nach Herzog Ernst aus dem Hohlen Berge mitgebracht hatte.
Zu Spruch 3: Der Vers 17 erwähnte Bann bezieht sich wohl auf die von Innozenz exkommunizierten deutschen Heerführer in Italien oder auf Philipps ersten Bann. Mit den Betrogenen in Vers 6 könnten dann Philipp und Friedrich von Sizilien gemeint sein. Vers 10: Unter den Laien ist wohl die Partei Philipps, unter den Pfaffen die Ottos zu verstehen. Innozenz war bei seiner am 8. Januar 1198 erfolgten Wahl erst 37 Jahre alt. Wer der Klausner ist, von dem auch auf Seite 145 und Seite 147 die Rede ist, kann nicht entschieden werden.

Der Waise

Die krône ist elter dan der künec Philippes sî

Die Krone ist viel älter, als König Philipp ist,
Drum scheint es jedem Auge ein Wunder, wie zur Frist
Der Schmied den Schmuck anpasste Philipps Haupt!
Sein Haupt, sein kaiserliches, geziemt ihr also gut,
Dass, wer sie wolle scheiden, wie ein Verräter tut –
Weil eins dem andern Schein und Glanz nicht raubt.

Es leuchten gegenseits sich an
Die edeln Steine und der junge Mann –
Solch Anblick muss den Fürsten wohlgefallen.
Wer jetzt nach neuem Herrn verlangt.
Der schaue, wem der Waise auf seinem Haupte prangt:
Ein Leitstern sei der Stein den Fürsten allen!

Am 14. Juli 1198 war Otto zu Aachen mit falschen, Philipp am 8. September zu Mainz mit den echten Reichsinsignien (Karls des Großen Krone) gekrönt worden.

Der Kirchgang zu Magdeburg

Ez gienc, eins tages als unser hêrre wart geborn

Zu Magdeburg am Tag, da Jesus Christ geboren
Von einer Magd, die er zur Mutter sich erkoren,
Ging König Philipp schön und tadelsohne:
Da gingen König, Kaisers Bruder, Kaisers Kind
In einem Kleid, ob auch der Namen dreie sind.
Er trug des Reiches Zepter und die Krone.
Gemessnen Schritts ging er dahin,
Ihm folgte demutsvoll die hohe Königin,
Dornlose Rose, Taube sonder Gallen.
Solch einen Kirchgang sah man nirgendwo,
Es dienten dort die Sachsen, die Thüringer ihm so,
Dass es den Weisen musste wohlgefallen.

Es war am Christtag 1199; König wird Philipp genannt, weil er noch nicht in Rom gesalbt war, Kaisers Bruder als Bruder Heinrichs IV., Kaisers Kind als Sohn Barbarossas, Friedrichs I. Irene, des byzantinischen Kaisers Isaak Angelus Tochter, seit dem 25. Mai 1197 Philipps Gemahlin, erhielt in Deutschland den Namen Maria, daher belegt sie Walther hier mit Namen, wie sie sonst nur der Jungfrau Maria zukommen. Herzog Bernhard trug das Reichsschwert dem König voran, und in seinem Gefolge befand sich Hermann von Thüringen, der von Otto abgefallen war und seit dem 15. August 1199 auf Philipps Seite stand.

Ermahnung zur Freigebigkeit

Philippes, künec, die nâhe spehenden zîhent dich

Herr Philipp, wer genauer dich kennt, der zeihet dich,
Du tust nicht wohl aus Neigung! Darum bedünket mich,
Du wirst nur desto mehr an Gut verlieren.
Du solltest freudig lieber hingeben tausend Pfund
Als lustlos dreißigtausend. Doch ach, dir ist nicht kund,
Wie erst des Gebers Herz kann eine Gabe zieren.
Fällt dir denn Saladin nicht ein?
Der sprach: Durchlöchert müssten stets Königshände sein,
So würden sie gefürchtet und geminnt.
An Englands König Richard denke,
Wie schwer er ward gelöst, weil gern er gab Geschenke!
Verlust ist gut, wenn doppelt man gewinnt.

Entstand vermutlich noch vor der zweiten, am 6. Januar 1205 stattgefundenen Krönung Philipps. Saladins Freigebigkeit war weltbekannt. Richard Löwenherz, der hier gemeint ist, wurde bei seiner Rückkehr aus dem Kreuzzuge (1192) von Leopold VI. von Österreich aus Privatrache in Gefangenschaft gehalten und gegen 60000 Mark in Silber dem Kaiser Heinrich überlassen, von dem ihn England erst 1194 mit 150000 Mark einlösen konnte.

Lohn der Freigebigkeit

Philippe, künec hêre

Philipp, dir Mächtgen, Hehren,
Dir wird zuteil manch segnend Wort
Und wünscht dir Lust nach Leide.
Nun hast du Gut und Ehren,
Die sind wohl zweier Fürsten Hort:
Die gib der Milde beide!
Die Milde lohnet und erfreut
Gleich Saat, die, wie man sie gestreut,
Dereinst auch reiche Ernte beut:
Dem guten Sämann gleiche!
Denn hat ein Fürst des Wohltuns acht,
So blüht ihm, was er nie gedacht,
Wie Alexander es gemacht:
Er gab und gab: die Milde gab ihm des Weltalls Reiche.

Der Fürsten Braten

Wir suln den kochen râten

Den Köchen soll man raten,
Dieweil sie übel stehn zur Zeit,
Dass sie es nicht vergessen,
Den Fürsten ihren Braten,
Und wär es auch nur daumenbreit,
Reichlicher zuzumessen.
Verschnitten ward in Griechenland
Ein Braten einst von arger Hand,
Woraus viel Ungemach entstand;
Zu dürftig war der Braten.

Der König musste vor die Tür,
Die Fürsten trafen neue Kür,
Wer nun verlör das Reich dafür,
Dem soll am Spieße nie ein Fleisch geraten:

Dieser Ende 1212 entstandene – indes vielbestrittene – Spruch birgt eine Mahnung an Otto zur Freigebigkeit, die Otto aber nicht beherzigte und schon 1213 bereute, als auf dem Regensburger Reichstage der ganze Süden Deutschlands zu Friedrich, dem Gegenkönig, übertrat. Am Schluss wird auf ein Ereignis aus der byzantinischen Geschichte hingedeutet. Der Kaiser Isaak Angelus wurde 1204 vertrieben und das Kreuzheer – die arge Hand – das zur Befreiung des heiligen Landes ausgezogen war, plünderte auf das schamloseste Konstantinopel, und seine Anführer zerteilten das ganze Reich in größere und kleinere Stücke.

Fluch und Segen

Hêr bâbest, ich mac wol genesen

Herr Papst, was tut dein Bannstrahl mir?
Ich bin doch nur gehorsam dir!
Denn hörten wir dich nicht der Welt gebieten:
»Gehorsam euerm Kaiser seid!«
Hat ihn dein Segen nicht geweiht,
Dass wir ihn Herr genannt und vor ihm knieten?
Gedenkt auch euers Spruches:
»Gesegnet, wer dich segne, sei,
Doch wer dir fluchet, der erfahre
An sich die ganze Wucht des Fluches.«
Bei Gott, bedenket, ob dabei
Sich auch der ganzen Klerisei
Ansehn und Ehre wohl bewahre!

Die Sprüche vom Fluch und Segen bis Aar und Leu beziehen sich alle auf Otto IV. Nach Philipps Ermordung war Otto am 11. Nov. 1208 zu Frankfurt einstimmig zum König gewählt worden. Auch Walther wandte sich dem nun rechtmäßigen Herrscher zu. – Das bisherige Einvernehmen zwischen Kaiser und Papst löste sich aber bald, und als Otto im November 1210 in Apulien einfiel, traf ihn der Bann.

Pfäffische Doppelzüngigkeit

Got gît ze künege swen er wil

Gott macht zum König, wen er will;
Ich hör's und glaub's und schweige still:
Uns Laien wundert nur der Pfaffen Lehre.
Denn was vor kurzem sie gelehrt,
Wird heut ins Gegenteil verkehrt.
Nun denn, bei Gott und eurer eignen Ehre:
Bekennet uns in Treue,
Mit welchem Wort ihr uns betrogt!
Beweist uns eins mit gutem Grunde,
So oder so – das alte oder neue,
Da ihr doch eines sicher logt!
Zwei Zungen klingen schlecht in einem Munde!

An Kaiser Otto

Hêr keiser, sît ir willekomen!

Herr Kaiser, seid uns hochwillkommen,
Des Königstitels zwar benommen,
Doch überstrahlt jetzt eure alle Kronen!
Stark seid ihr nun an Hab und Gut,
Ob Gutes ihr, ob Übles tut –
Ihr dürft nun beides: strafen oder lohnen!

Auch künd ich meinem hohen Herrn,
Dass alle Fürsten nah und fern
Ergebenst euer harren und geduldig.
Auch Meißens Fürst, der teure,
Ist sonder Wank der eure –
Ein Engel blieb die Treu Gott eher schuldig!

Als Otto in Apulien im November 1211 die Nachricht von der über ihn in Deutschland verhängten Exkommunikation erhielt, kehrte er alsbald zurück und kam im Frühjahr 1212 nach Frankfurt, wo er am 4. März einen Hoftag hielt und insbesondere den Markgrafen Dietrich von Meißen für sich gewann.

Aufruf zur Kreuzfahrt

Frühjahr 1212

Hêr keiser, ich bin frônebote

Herr Kaiser, ich bin hergesandt
Als Gottesbot aus Himmelshand –
Ihr herrscht auf Erden, er im Himmel droben.
Er klagt, dass fern im Heiligen Lande,
Euch, seinem Vogt, zu Schimpf und Schande
Die Heiden wider Gott und Christum toben.
An Gottes Stelle sollt ihr richten:
Sein Sohn, mit Namen Jesus Christ,
Vergilt es einst, das hieß er mich euch sagen.
Eilt, ihn euch zu verpflichten,
Er hält Gericht, wo er der Schirmvogt ist,
Und kämt ihr, selbst den Teufel zu verklagen!

Der Zinsgroschen

Dô gotes sun hie'n erde gie

Als Christus noch auf Erden war,
Versuchte ihn der Juden Schar;
Und eines Tages taten sie es wieder.
Sie fragten, ob es recht wär eben,
Dem Kaiser seinen Zins zu geben?
Da schlug er ihre Arglist treffend nieder,
Indem er sich ein Geldstück reichen ließ.
Dann sprach er: »Wessen Bild ist dies?«
Des Kaisers Bild – sprach der Versucher Rotte.
»Also, ihr Toren« – sprach er – »wisst,
Dass ihr dem Kaiser gebt, was Kaisers ist,
Und was da Gottes ist, gebt Gotte.«

Aar und Leu

Hêr keiser, swen ir Tiuschen fride

Herr Kaiser, wenn ihr Deutschland Frieden,
Sei's auch mit Schwert und Strang, beschieden,
So werdet ihr geehrt rings auf der Erde. –
Die Nachbarn nehmt in euern Eid
Und sühnt die ganze Christenheit;
Euch bringt es Ruhm, den Heiden macht's Beschwerde.
Ihr habt zwei Kaisersmächte:
Des Adlers Mut, des Löwen Kraft,
Sinnbilder sind sie drum auf euerm Schilde.
Bestürmten im Gefechte
Die zwei mit euch die Heidenschaft,
Wer trotzte ihrer Mannheit, ihrer Milde?

Fürbitte

Nû sol der keiser hêre

Mag Otto nun, der hehre,
Verzeihn um seine Ehre,
Was ihm der Landgraf Übles tat.
Er war doch unverhohlen
Sein Feind und nicht verstohlen:
Die Feigen hielten heimlich Rat.
Sie schwuren hier und schwuren dort
Und sannen hinterlistgen Mord,
Rom riet zu solchen Taten.
Der Diebstahl nicht zu hehlen war,
Man sah sie bald einander gar
Bestehlen und verraten.
So stahl der Dieb vom Diebe
Und Drohung schaffte Liebe.

Als Otto vom Bann betroffen ward, fiel Landgraf Hermann von Thüringen von ihm ab; 1212 und 1213 bekriegte ihn der Kaiser siegreich. Aber erst 1216 zeigte er sich zur Versöhnung gestimmt. Vielleicht hatte Hermann schon im Juli 1213 eine Annäherung versucht. Dieser Spruch könnte also 1213 oder 1216 entstanden sein.

Wirt und Gast

»Sît willekomen, hêr wirt«, dem gruoze muoz ich swîgen

»Willkommen seid, Herr Wirt!« – dem Gruße muss ich schweigen,
»Willkommen, lieber Gast!« – da muss ich mich verneigen.
Heimat und Wirt: Wie traut die beiden Worte klingen,
Herberg und Gast: wie rau sie mir zu Ohren dringen!

Wie gern erlebt ich's doch, dass mir auch
Gäste kämen,
Die unter frohem Dank spät Abschied von mir nähmen.
»Seid heute hier, seid morgen dort« – Zigeunerart ist das!
»Ich bin daheim, ich will nun heim« – ist besserer
Verlass.
Der Gast fällt wie ein Schach fast stets zur Last,
Macht drum zum Wirt mich heimatlosen Gast,
Dass nicht das Schach mit Gottes Hilf
Bei euch mehr halte Rast!

An Otto, als ihm Friedrich II. schon »Schach bot«.

Ein Gleichnis

Ich hân hêrn Otten triuwe, er welle mich noch rîchen

Ich habe Ottos Wort, er woll mich reich beschenken,
Doch mocht er trügerisch nur meines Dienstes denken!
Darf ich bei Friedrich nun auf Lohn die Hoffnung
lenken?
Zu fordern hätt ich wohl von ihm nicht eine Bohne:
Es sei denn, dass mein Sang nachträglich noch
ihn freue.
So sprach ein Vater einst belehrend zu dem Sohne:
Dem ärgsten Manne dien, dass dir der beste lohne!
Otto, ich bin der Sohn, ihr seid der ärgste Mann,
Nie traf ich ärgern noch, das sag ich stets aufs neue:
Der König sei der beste, nun er das Reich gewann!

Milde und Länge

Ich wolt hern Otten milte nâch der lenge mezzen

Nach Ottos Körpergröße sein mildes Herz zu messen,
Misslang mir, weil ich da das rechte Maß vergessen:
Wär er so gut als groß, viel Ruhm hätt er besessen.
Nun maß ich seinen Leib aufs neu nach seiner Ehre,
Da war er viel zu klein, wie ein verschnittnes Werk,
An Edelmut schien er noch kleiner als ein Zwerg,
Und ist so alt, dass sich sein Wachstum kaum
noch mehre!
Doch als ich Friedrich maß, wie groß er
mir erschien,
Gewalt und Größe war dem jungen Herrn verliehn,
Er wächst – und riesengleich schon überragt er ihn!

König Friedrich II. war damals erst 21 Jahre alt.

Das Meerwunder

Ich hân gesehen in der werlte ein michel wunder

Ein großes Wunder hab ich auf Erden jüngst erblickt,
Ein seltsam Untier wär es, wenn's uns das Meer geschickt;
Wach rief es meine Klage, die Lust war mir erstickt.
Es glich dem bösen Manne. Und wollte dessen
Lachen
Man am Probierstein prüfen – als echt es nicht
bestünde:
Es beißt heimtückisch, eh es die Wut durch
Knurren künde.
Zwei Zünglein kalt und warm, die züngeln ihm
im Rachen,

Es liegt in süßem Honig ein Stachel giftgetränkt,
Aus wolkenlosem Lachen sich Hagel niedersenkt,
Ertappt man es, so wird es zum Wolfe, eh man's denkt.

Dieser Spruch zielt auf die – aus Walthers Sicht – Bosheit und Treulosigkeit Ottos.

An König Friedrich II. (1215)

Von Rôme voget, von Pülle Künec, lât iuch erbarmen

Apuliens König, Vogt von Rom, o habt Erbarmen,
Dass man bei reicher Kunst mich also lässt verarmen,
Und möchte doch so gern am eignen Herd erwarmen!
Hallo, wie würd ich dann die Vögelein besingen,
Die Blumen auf dem Feld, wie ich sie einst besang.
Gäb mir ein schönes Weib dann holden Habedank,
Sollt in die Wangen ihr Lilie und Rose dringen.
Nun reit ich spät und früh, heimloser Gast, o weh,
Und säng als Wirt so gern von Blumenschmuck und Klee.
Übt Milde, Herr, auf dass auch eure Not zergeh!

Mit der Not ist die schwierige Lage gemeint, in der sich Friedrich dem Papst und den Reichsfürsten gegenüber befand.

Das Lehen

Ich hân mîn lêhen, al die werlt, ich hân mîn lêhen

Ich hab ein Lehen, Gottswunder! Ich hab, ich hab ein Lehen!
Nun brauch ich nicht zu fürchten den Frost mehr an den Zehen,

Und will bei kargen Herren von jetzt an nicht
mehr flehen.
Der edle milde König hat trefflich mich beraten,
Dass ich des Sommers Milde, des Ofens Glut gewann.
Jetzt sehen mich die Nachbarn mit größrer Güte an.
Und sehn nicht mehr den Popanz in mir, wie sonst
sie taten!
Zu lange unverschuldet lag ich an Armut krank,
Ich war vor Zorn verbittert, dass ich nur Galle trank.
Nun hat des Königs Güte gereinigt Herz und Sang!

Enttäuscht

Der künec mîn hêrre lêch mir gelt ze drîzec marken

Ich soll vom Lehen des Königs an dreißig Mark
erzielen,
Doch ach, noch niemals Zinsen davon für mich entfielen,
Die über Meer verfrachten ich könnt in Schiff und Kiele
Kielen.
Groß klingt das Wort: ein Lehen! Doch so ist
mein Gewinn,
Dass man ihn weder greifen, noch sehn und hören kann,
Wie häuften da in Kästen sich also Taler an?
Nun rate, Freund: behalt ich's? wie, oder geb ich's hin?
Der Pfaffen Disputieren das schlag ich in den Wind,
Ich weiß, dass ihre Truhen gefüllt bis oben sind –
Doch prüfet ihr die meinen: ihr sucht und seht
euch blind!

Vers 8: Der Papst hatte 1216 geboten, als Beitrag zu den Kosten des Kreuzzuges den zwanzigsten Teil des Einkommens beizutreiben, und zwar bis zum Mai 1217.

An Kaiser Friedrich II.

Von Rôme keiser hêre, ir habet also getân

Erhabner römischer Kaiser, ihr habt mir so getan,
Dass ihr in diesem Spruche sollt meinen Dank empfahn,
Ich kann euch selbst nicht danken, drum seht den Willen an.
Ihr habt mir eurer Gnade lichtvollen Glanz gespendet,
Die Brauen dran versengten, die gar zu nahe sahn.
Auch hat ihr Licht gar vielen das blöde Aug geblendet,
Die nur der Augen Weißes mir neidisch zugewendet:
Mein Glück und eure Gnade ihr Schielen hat geschändet.

Da Walther Friedrich hier zum ersten Mal als Kaiser anredet, wird dieser Spruch nach dessen Krönung zu Rom, am 22. Nov. 1220, entstanden sein.

Das Fest zu Nürnberg

(23. Juli 1224)

Sie frâgent mich vil dicke, waz ich habe gesehen

Man fragt mich unaufhörlich, was ich bei Hof gesehn,
Sooft ich heimwärts reite, und was da sei geschehn.
Ich lüg nicht gern und möchte die Wahrheit ganz gestehn.
Zu Nürnberg war ein Festtag – doch ob man viel beschere,
Das weiß ich nicht, da müsst ihr zum Sängervolke gehn!

Sie sagen: Ohne Inhalt blieb ihres Ränzels Leere,
Die heimischen Fürsten hielten allsamt so ganz
auf Ehre,
Dass Leupold selbst müsst geben, wenn er nicht
Gast dort wäre!

Leopolds Rückkehr aus dem Kreuzzug im Juli 1219

Herzoge ûz Osterrîche, ez ist iu wol ergangen

Herzog von Österreich, es ist euch wohl ergangen,
Ihr kämpftet, dass uns alle nach euch muss gern
verlangen:
Glaubt sicher, wenn ihr heimkehrt, ihr werdet froh
empfangen,
Wie ihr's verdient, so werden euch grüßen alle
Glocken,
Als ob ein Wunder käme, steht alles Volk gedrängt,
Da ihr, bedeckt mit Ehren, zur Heimat wieder lenkt;
Drum höret ihr die Frauen und Ritter rings frohlocken.
So mehrt denn in der Heimat den Ruhm auch
fort und fort,
Gerechtigkeit und Milde erstick der Spötter Wort:
Dass ihr zu größrer Ehre im Kampf geblieben dort!

Vorschlag zur Güte

Ir fürsten, die des küneges gerne waeren âne

Ihr Fürsten, die des Königs ihr gern entledigt ständet,
Folgt meinem Rat, wohl weiß ich, wie guten Rat man spendet,
Er sei noch tausend Meilen von Trani aus gesendet.
In Christi Land will ziehen der Held: Wer ihm das wehret,
Der handelt Gott zuwider und aller Christenheit.
Drum lasst ihn ziehn, ihr Feinde, ganz ohne Fährlichkeit,
Vielleicht, dass er in Deutschland nie wieder euch beschweret.
Wenn er, was Gott verhüte, dort fällt, so lachet ihr,
Kehrt er zurück uns Freunden, von Herzen lachen wir.
Des Ausgangs harrn wir beide: Nehmt diesen Rat von mir!

Friedrich II. hatte bei seiner Krönung zu Aachen 1215 einen Kreuzzug gelobt, an dessen Ausführung er jedoch immer und immer wieder behindert wurde. Mehrmals verlängerte Honorius III. die Termine, doch seine Mahnungen wurden immer dringender. Im April 1220 hielt der Kaiser einen Reichstag zu Frankfurt, wo er die heftig widerstrebenden Fürsten durch einen Eid genötigt haben soll, das Kreuz zu nehmen. Diese Widerwilligkeit schildert dieser Spruch. Trani ist bei Bari am adriatischen Meer gelegen und war ein beliebter Abfahrtsort für die Kreuzfahrer.

An den Landgrafen von Thüringen

Swer an des edeln lantgrâven râte sî

Wer in des edelmütgen Landgrafen Räten sei
Um seiner Gaben willen, ob Dienstmann oder frei,
Der mahn ihn meiner Lehre, dass er mir pflichte bei.
Mein junger Herr heißt milde, auch sagt man früh und späte,
Treu sei er und voll Bildung: – Tugenden sind dies drei!
Wenn er der vierten Tugend nun auch Genüge täte,
So ging er guten Weg, dass er nie abseits träte,
Und nichts versäumte: Säumnis bringt Schaden, eh man säte!

Dieser Landgraf ist Ludwig, der bekannte Gemahl der heiligen Elisabeth. Die vierte Tugend ist der Entschluss zum Kreuzzuge, den er auch bald ergriff: Er schiffte sich mit dem Kaiser am 8. September 1227 zu Brindisi ein, starb aber bald darauf zu Otranto an einer im Kreuzzugsheere ausgebrochenen Seuche.

An den Kaiser

Bot, sage dem keiser sînes armen mannes rât

Bring, Bote, meinem Kaiser des armen Sängers Rat,
Denn keinen bessern weiß ich für ihn jetzt in der Tat:
Wenn wenig Volk und Löhnung ihm auch zur Hilfe naht,
Er zieh und kehr bald wieder – und lass sich nicht betören!
Er hemme, wer ihm hemmend und Gott entgegentrat.
Er warn die guten Pfaffen, auf Tücke nicht zu hören,

Man will das Reich nur schwächen und ihm die
Ruhe stören:
Er sondre – oder werfe sie beide von den Chören!

Schon im Juli 1225 hatte sich Friedrich dem päpstlichen Stuhle durch Vertrag verpflichtet, den oft versprochenen und stets von neuem aufgeschobenen Kreuzzug vom August an innerhalb zweier Jahre zu verwirklichen. Doch auch diesmal drohte die Absicht zu scheitern an der Lauheit der Fürsten und den Gegenminen der Geistlichkeit. Dieser Spruch entstand wohl 1226.

Gegen die Kutten!

»Herr Papst, was tut dein Bannstrahl mir?«

Der Pfaffen Wahl

(um 1198)

Künc Constantin der gap sô vil

Es hat der König Konstantin
Dem Stuhl zu Rom soviel verliehn –
(Speer, Kreuz und Krone, wie ich es vermelde)
Dass laut der Engel schrie: »O weh,
Und nochmals weh, und dreimal weh!«
Sonst stand die Christenheit so schön im Felde,
Nun ist ein Gift herabgefallen
Und Honig ward zu bittrer Gallen,
Dass drob einst alle Welt verzagt.
Die Fürsten sämtlich stehn in Ehren,
Dieweil der Höchste nicht mehr Macht hat.
Doch was der Pfaffen Wahl vollbracht hat,
Das sei dir, süßer Gott, geklagt.

Die Pfaffen wollen Laienrecht verkehren:
  Der Engel hat uns wahrgesagt!

Um 1213–1214 entstanden, als der von den Pfaffen gewählte Friedrich II. aus Italien anrückte; er wurde von den Anhängern Ottos der »Pfaffenkönig« genannt. Innozenz III. stand zu der Zeit auf dem Gipfel seiner Macht.

Der Zauberer

Der stuol ze Rôme ist allerêrst berihtet rehte

  Nun ist es wieder auf dem Stuhl von Rom so gut bestellt,
Wie einstmals, als der Zauberer Gerbert beherrscht die Welt.
Zwar Gerbert hatte sich allein der Hölle übergeben,
Doch dieser überliefert ihr die Christenheit daneben.
Es wundert uns, dass Gott noch säumt mit seines Zornes Strafen,
  Und fragen ihn: wie lang er noch will schlafen?
Sie hintertreiben, was er wirkt, verfälschen ihm sein Wort,
Sein Schatzverwalter ohne Scham veruntreut seinen Hort,
Sein Richter, ach, kein Friedensfürst, raubt hier und mordet dort:
  Der Hirt ist Wolf geworden unter Schafen!

Innozenz III. wird mit Sylvester II. verglichen, vorher Gerbert, der für einen Schwarzkünstler gehalten wurde und von 999–1003 Papst war, als ihn der Sage nach der Teufel holte.

Simonie

Ir bischofe unde ir edelen pfaffen, ir sît verleitet

Ihr edeln Pfaffen und ihr Bischöf seid verleitet:
Seht, wie der Papst um euch die Teufelsschlingen breitet,
Und sagt ihr uns, dass er Sankt Peters Schlüssel habe,
Fragt auch, was Gottes Wort er aus der Bibel schabe?
Dass Gottes Gabe man verkaufe oder kaufe,
Das ward uns schon verboten in der Taufe!
Nun lehrt's ihn wohl sein schwarzes Buch, das ihm der Höllenmohr
Gegeben hat, wie er mit List gebraucht sein Zauberrohr!
Ihr Kardinäle seid bedacht und schirmet euern Chor:
Der Hochaltar steht unter arger Traufe!

Judas II.

Wir klagen alle und wissen doch nicht waz uns wirret

Wir klagen alle und keiner weiß,
was uns denn irret,
Seit uns der heilige Vater
mehr stets verwirret.
Geht er uns väterlich nicht
mit gutem Beispiel voran?
Folgen wir ihm nicht getreu,
dass keiner straucheln kann?
Merke nun, Welt, was übel daran mir gefalle!
Geizet er selbst, so geizen sie alle,
Lügt er, so lügen sie alle mit seinen Lügen,
Trügt er, so überbieten sie ihn im Betrügen –

Keiner verüble dies Wort mir, denn so wird sich's fügen:
Einst kommt dieser neue Judas
gleich dem alten zu Falle!

Richtet euch nach meinen Worten, aber …

Diu kristenheit gelepte nie sô gar nâch wâne

Nie übler war's bestellt wohl ums Heil der Christenheit,
Die da uns lehren sollten, sind selbst voll
Schlechtigkeit.
Verging sich Laieneinfalt derart, das wäre schlimm!
Ihr schamlos Treiben fordert heraus des Himmels
Grimm.
Sie weisen uns gen Himmel und sind selbst
Höllenbraten
Und sprechen zu uns listig: Euch wird das Heil geraten,
Lebt ihr nach unsern Worten, doch nicht nach
unsern Taten!
Auch sollten wohl die Pfaffen keuscher als
Laien sein,
Denn steht es wo geschrieben – sei's deutsch, sei's
auf Latein –
Dass sie zu Falle bringen
Ein Weib mit ihren Schlingen?

Der gute Klausner

Swelch herze sich bî disen zîten nicht verkêret

Wes Herz in diesen Zeiten   sich nicht zur Sünde kehrt,
Seitdem den Ketzerglauben   der Papst sogar vermehrt,
In dem wohnt Gottes Liebe,   in dem wohnt Gottes Geist.
Nun zeigt sich recht, was Lehre   und Werk der Pfaffen heißt.
Vordem war ihre Lehre   wie auch ihr Wandel rein,
Doch heut in Werk und Lehre   kam Sündenschmutz hinein. –
Ihr seht sie unrecht handeln,   ihr hört sie Lügen sagen,
Die guter Lehren Vorbild   im Herzen sollten tragen.
Drob mögen dumme Laien   für Gottes Wort verzagen –
Auch mag mein guter Klausner   mit Tränen es beklagen.

Der welsche Schrein

Ahî wie kristenlîche der bâbest unser lachet

Haha! wie mag von Herzen   der Papst nun unser lachen,
Spricht er zu seinen Welschen: »Seht her, so muss man's machen!«
Ach, hätt er besser niemals,   was er da sagt, gedacht!
»Zwei Deutsche – spricht er – hab ich   auf einen Thron gebracht.
Nun müssen sie mit Jammer   und Weh das Reich belasten,
Und damit wacker füllen   die Truhen mir und Kasten:
Dem Opferstock zinspflichtig,   wird all ihr Reichtum mein –

Es rollt das deutsche Silber in meinen welschen
Schrein.
Drum, meine lieben Pfaffen, schmaust Hühner,
schwelgt in Wein –
Und lasst den dummen
Deutschen brummen
Den Magen, dieweil sie fasten!«

Dieser und der folgende Angriff gegen die Habsucht der Kirche atmen Huttenschen Geist. Die beiden Deutschen sind Otto IV. und Friedrich II. Seit 1212 waren auf Geheiß von Innozenz Opferstöcke in den Kirchen aufgestellt, um Beisteuern für die Kreuzzüge aufzunehmen.

Der Opferstock

Sagt an, hêr Stoc, hat iuch der bâbest her gesendet

Herr Opferstock, berichtet, hat euch der Papst
gesendet,
Dass ihr ihn selbst bereichert, uns Arme aber pfändet?
Fließt ihm in vollem Strome das Gold zum Lateran,
Macht er ein Gaunerstückchen, wie er schon oft getan:
Er lamentiert, es müsse das Reich auf Hilfe harren,
Bis neuen Zins abladen des kleinsten Dorfes Pfarren.
Doch fließt vom Silber, fürcht ich, nicht viel ins
heil'ge Land,
Denn nie pflegt zu verteilen den Raub des Pfaffen
Hand;
Ihr seid zu unserm Schaden, Herr Opferstock, gesandt –
Ihr sucht hier Törinnen und Narren.

Der Magen der Kirche

Solt ich den pfaffen râten an den triuwen mîn

Sollt ich den Pfaffen raten aus treustem Sinn allein,
So sagten sie dem Armen: »Sieh, alles dies ist dein.«
Sie priesen Gott und ließen auch jedem das, was sein.
Sie dächten auch wie ehmals Almosen fromm zu geben;
Denn Konstantin ließ ihnen drob Reichtum angedeihn.
Hätt er geahnt indessen, wie heut sie üppig leben,
So hätt er wohl getrachtet, uns des zu überheben;
Doch liebte man einst Keuschheit, nicht hochmutsvolles Streben.

Kaiser Friedrich trat im September 1227 endlich die Kreuzfahrt an, musste aber nach drei Tagen infolge schwerer Erkrankung umkehren, worauf der neue Papst Gregor IX. am 29. September 1227 den Bannstrahl gegen ihn schleuderte.

Neue Unbilden (1227)

Mîn alter Klôsenaere, von dem ich dô sanc

Mein alter, lieber Klausner, von dem ich früher sang,
Als uns der Papst, der sel'ge, noch hielt in Joch und Zwang,
Dem wird aufs neu um Kirche und Kirchenhäupter bang!
Er sagt: Bannt man die Guten, lässt Bösen Messe singen,
So ziehe man zum Streite nur dreist die Schwerter blank!

An Pfründen und Pfarreien soll's ihnen Schaden bringen,
Der Hoffnung leben viele, alsbald das Schwert zu schwingen,
Dass sie im Waffenpanzer Reichtum vom Reich erringen!

Über den Klausner vgl. auch Seite 122–123 und Seite 145.

Vom sinkenden Reich

»Wer zieret nun den Ehrensaal?«

Verfall des Reiches

Ich sach hie vor eteswenne den tac

Ich selber erblickte vor Zeiten den Tag,
Wo Preis uns erschollen von sämtlichen Zungen!
Wo irgend ein Land in der Nähe uns lag,
Da bat es um Frieden, sonst ward es bezwungen.
Wie haben wir damals nach Ehre gerungen,
Da rieten die Alten, da taten's die Jungen.
Doch wo nur bestechlich die Richter heut sind,
Hæc fabula docet – was, sieht man geschwind,
Und was nun die Folgen? Sagt dem es, der blind!

An Engelbert, den Erzbischof von Köln

1.

Von Kölne werder bischof, sît von schulden frô

Von Köln, preiswerter Bischof, ihr könnt wohl fröhlich sein,
Ihr ward bestrebt, dem Reiche getreuen Dienst zu weihn,
Dass euer Lob emporstieg zum Himmel schier hinein.
Wenn auch manch feiger Neider ob eurer Macht sich regte,
Vieledler Fürstenmeister, ihr Drohen achte klein,
Du, der als Hochberühmter getreu des Königs pflegte,
Du, der als bester Kanzler des Kaisers Ehre hegte,
Du dreier Könige Kämmrer und der elftausend Mägde.

2.

Ich traf dâ her vil rehte drîer slahte sanc

Bisher nicht übel traf ich drei Arten von Gesang,
Die niedre wie die hohe und mittlere gelang,
Dass mir verständge Kenner entboten Gruß und Dank.
Wem könnt ich von den dreien nun einen lohnend singen?
Zu stark dünkt mir der hohe, zu schwach der niedre Klang,
Der mittlere zu schwierig bei so bewandten Dingen:
Hilf, Königsrat, mir, weiser, den Zwiespalt zu bezwingen,
Dass tadelfrei ein Lied wir wie sonst zustande bringen.

Engelberts Ermordung

Swes leben ich lobe, des tôt wil ich iemer klagen

Den ich im Leben lobte, des Tod muss stets ich klagen.
Fluch ihm, der uns den werten Bischof von Köln erschlagen!
Und weh uns, dass den Mörder noch mag die Erde tragen!
Ich kann für seine Sünde noch keine Marter finden:
Ein Strang aus Bast der Eiche wär nichts für seinen Kragen,
Ich will ihn auch nicht brennen, vierteilen nicht, noch schinden,
Noch mit dem Rad zermalmen, noch auf die Speichen binden:
Ich hoff, er wird noch lebend den Weg zur Hölle finden.

Engelbert ward am 7. November 1225 von seinem Neffen Friedrich Grafen von Isenburg auf der Straße bei Schwelm erschlagen. Der Mörder, dessen man erst nach einem Jahr habhaft ward, wurde gerädert.

Verwaiste Sessel

Ich was durch wunder ûz gevarn

Einst ging ich, ob ich Wunder finde,
Und traf ein wunderliches Ding:
Ich fand drei Sessel leider ledig stehn,
Wo Weisheit, Adel, Alter
Vor Zeiten saßen hoch und hehr.
O Jungfrau, hilf mit deinem Kinde
Den dreien wieder in den Ring;

Lass sie nicht lang des Sitzes ledig gehn.
Ihr Gram, ihr mannigfalter,
Bekümmert und betrübt mich sehr.
Der junge reiche Tor hat nun
Der dreien Stuhl, der dreien Gruß:
O weh, dass statt der dreien nun
Dem einen man sich neigen muss!
Drum weint die Zucht, das Recht geht lahm
Und elend siecht dahin die Scham.
Um diese dreie klag ich schwer
Und klagte darum gern noch mehr!

Aus dem Jahre 1229 und auf König Heinrichs Regierung bezogen, die sich alter, erprobter zugunsten neuer, unwürdiger Räte entledigte.

Wegweiser zum Himmel

Die wîsen râtent, swer ze himelrîche welle

Die Weisen raten dem, der in den Himmel wolle,
Dass er den Weg vorher mit Fleiß bestellen solle,
Damit kein Räuber kommt, der ihm den Eingang wehre.
Ein Ächter heißet Mord, der lässt uns nicht zum Ziele,
Ein andrer heißet Brand, ihn drückt des Bannes Schwere.
Ein dritter Wucher heißt, der fällte schon gar viele,
Doch Wegelagerer derart gibt es noch mehre:
Sie sperren dir den Weg und heißen Hass und Neid,
Dann gibt's nach Geld und Gut schamlose Gierigkeit,
Und noch manch andrer liegt im Hinterhalt bereit.

Schlechte Ratgeber

Er schalc, in swelhem namen er sî, der dankes triege

Wer er auch sei, ein Schalk ist's, der da mit Vorsatz trügt
Und seinen Herrn verleitet, dass er betrügt und lügt.
Sein Bein erlahme ihm, wenn er im Rate steht.
Doch ist so vornehm er, dass er im Rate sitze,
So wünsch ich, dass ihm lahm die falsche Zunge geht,
Die unserm guten Herrn das Herz zur Bosheit dreht.
Soll Witz die Lüge sein – so sind das frevle Witze!
Man riete lieber dann: »Lasst ihr in euerm Kragen
So falsch Gelübd! Ihr dürft Gelobtes nicht versagen!«
Erfüllt's, eh euerm Ruf der Kalk und Schmuck ist abgetragen.

Bezieht sich auf die schlechte Umgebung Ottos: auf die ungetreuen Räte Schmeichler und Schmarotzer. Die höheren Räte saßen, die untergeordneteren standen!

Zuchtlosigkeit

Wer zieret nû der êren sal?

Wer zieret nun den Ehrensaal?
Der jungen Ritter Zucht ist schmal,
Die Knechte pflegen bäuerischer Dinge
Mit Worten und mit Werken auch;
Wer züchtig ist, der heißt ihr Gauch,
Nehmt wahr, wie schnell der Unfug weiterdringe.
Vor Zeiten strafte man die Jungen
Ob ihrer dreisten Lästerzungen.
Heut heißt es, das ist Würdigkeit;

Prahlhänse schelten reine Frauen.
Weh ihren Häuten, ihren Haaren,
Die sich nicht können froh gebaren,
Als wenn sie Frauen Schmerz erregt!
Da mag man Sünde bei der Schande schauen,
Die mancher selbst sich auferlegt.

Die Strafe an Haut und Haar – Stäupen und Scheren – galt als eine der entehrendsten.

Salomos Lehre

Diu väter hânt ir kint erzogen

Die Väter haben schlecht erzogen
Die Kinder; beide sind betrogen:
Sie freveln wider Salomonis Lehre.
Der sagt, dass wer die Rute spare,
Am Kinde einst den Lohn gewahre:
Denn Ungestraften mangle Zucht und Ehre!
Einst stand es um die Welt so gut,
Heut ist sie voller Übermut –
So war es nie vordem im deutschen Land.
Das Alter wird verspottet von den Jungen –
Nur zu! Verspottet nur die Alten!
Euch bleibt das gleiche aufbehalten,
Wenn erst die eigne Jugend schwand.
Dann hört ihr's zwitschern, wie ihr selbst gesungen –
Dies Wort und mehr ist mir bekannt!

Interessant ist an diesem Gedicht die Beschwörung der »guten alten Zeit«, was – wie hieraus zu sehen – also schon im dreizehnten Jahrhundert an der Tagesordnung war, ja vielleicht überhaupt schon immer der Fall war, solange es Menschen gibt.

Niedrige Ratgeber

Swâ der hôhe nider gât

Wo unten steht ein hoher Mann,
Ein niedrer aber obenan
Im hohen Rat, da ist der Hof entehrt.
Nie soll ein unverständger Mann
Rat geben, wo er's doch nicht kann;
Wie kann er heilen, was mich nicht beschwert?
Die Hohen stehen vor den Kemenaten,
Die Niedern sollen nun das Reich beraten.
Doch da es ihnen fehlt an Kunst,
So können sie mit eitlem Dunst
Auch nur das arme Reich betrügen –
Die Fürsten lehren sie das Lügen,
Den Glauben stören sie, das Recht,
Sind nicht Gesetzeswächter:
Drum steht es um die Krone schlecht
Und um die Kirche schlechter!

Sechs Ratschläge

Ich muoz verdienen swachen haz

Eintragen wird mir's wenig Hass,
Wenn ich die Herren lehre das,
Wie jedes Rates Wert sie leicht erkennen.
Ratschläge, guter, gibt es drei,
Doch stehn drei böse dicht dabei
Zur linken Hand. Lasst euch die sechse nennen.
Des Himmels Huld, Furcht Gottes, irdsche Ehre:
Das sind die guten. Heil ihm, der sie lehre!
Dem Kaiser Heil, dem solcher Rat

In einem braven Manne naht!
Die bösen heißen: Schaden, Schande, Sünde.
Es fliehe sie, wer sonst nicht Fliehn verstünde.
Man kennt wohl an der Zunge Spiel
Des Herzens böse Saat –
Der Anfang taugt schon selten viel,
Folgt schließlich böse Tat!

An die Fürsten

Ir fürsten, tugent iuwer sinn mit reiner güete

Ihr Fürsten, adelt euer Herz durch reinste Güte immer,
Je sanfter ihr den Freunden seid, dem Feind seid desto grimmer.
Bewahrt das Recht und danket Gott, dass er euch Macht gespendet,
Drob euer Volk in treuem Dienst euch Gut und Blut verschwendet.
Seid mild, habt freundlich offne Hand, lasst stets euch würdig schauen,
So lobt euch gern die Ritterschaft, so preisen euch die Frauen.
Auch Treue, Milde, Scham und Zucht sollt ihr mit Freuden tragen,
Verehret Gott, beugt nicht das Recht, wenn Arme vor euch klagen.
Misstraut den Räten, die da falsch und eitel Lügen spinnen,
Folgt gutem Rat, so werdet ihr das Himmelreich gewinnen!

Sonderung

Sît got ein rehter rihter heizet an den buochen

Da in der Bibel Gott gerecht als Richter heißt.
So sollte er geruhn in seinem milden Geist,
Dass er die Treuen aus der Näh der Falschen weist!
Ich meine hier, denn dort wird sicher so geschieden.
Doch säh an manchem ich zu gern ein Schandenmal,
Der einem aus der Hand sich windet wie ein Aal –
Weh, dass sich Gott an dem nicht schon entsetzt hienieden!
Wer mit mir fuhr hinaus, der fahr auch mit mir ein.
Des Mannes Sinn sei fest und wandellos wie Stein.
An Treu soll recht und schlecht er wie ein Pfeilschaft sein!

Die falschen Lächler

Got weiz daz wol, mîn lop waer iemer hovestaete

Gott weiß, es sollte stets mein Lob den Hof erheben,
Sofern dort herrschte nur ein hofgemäßes Leben
In Sitte, Art und Wort, im Handeln und im Streben.
Mir graut, zeigt einer mir ein grinsend Lachen,
Wo Honig er im Mund, im Herzen Galle trägt!
Ein Freundeslachen, wenn ihm Wahrheit aufgeprägt,
Soll wie das Abendrot des Wetters Herold machen.
Lach anderswo, sonst macht dein Lachen mir nur Pein,
Wes Mund mich nur belügt, der lass das Lachen sein –
Statt zwei erlogner Ja wünsch ich ein wahres Nein!

Lebensart

Zwo fuoge hân ich doch, swie ungefüege ich sî

Zu zwein bin ich geschickt, wie ungeschickt ich bin,
Das ist mir eigen schon von Kindesbeinen.
Ich zeige gern bei Frohen frohen Sinn,
Und lache ungern, seh ich jemand weinen.
Mit den Leuten bin ich froh,
Mit den Leuten will ich sorgen;
Ist mir nicht zumute so,
Schadet's: Leid und Lust zu borgen?
Wie sie sind, so will ich sein,
Dass sie nicht verdrießet mein –
Doch die nie bedauern,
Wenn ein andrer fühlet Pein,
Mögen auch bei Frohen trauern.

Vordem, als minniglich man noch um Minne warb,
Ist mein Gesang auch freudenhell erklungen.
Da minnigliche Minne nun verdarb,
Da hab ich auch unminniglich gesungen.
Immer, wie es grade steht,
Soll man angemessen singen:
Wenn der Unfug nun vergeht,
Soll auch mein Lied höfisch klingen.
Noch kommt Lust und Sangestag:
Wohl dem, der's erwarten mag!
Wer mir glauben wollte:
Ich erkenne Ton und Schlag,
Wo und wie man singen sollte!

Vor Frauen sang ich einst allein um ihren Gruß;
Den hab ich für mein Lob als Lohn erhoben.
Da ich umsonst des Lohns nun harren muss,

Lass andre ich um solche Grüße loben.
Wo ich nicht erwerben kann
Solchen Gruß mit meinem Sange,
Denen als ein stolzer Mann
Zeig ich Rücken oder Wange.
Das besagt: Mir ist um dich
Ebenso wie dir um mich.
Frauen will ich ehren,
Die da dankbar zeigen sich –
Nicht die stolzen Überhehren!

Vernehmt, was uns allsamt so großen Schaden tut,
Ist, dass die Fraun uns wenig unterscheiden!
Sie fragen nicht, ob einer bös, ob gut:
Und dieser Gleichmut lässt uns Wackre leiden.
Unterschieden sie uns noch,
Dass auch sie sich sondern ließen,
Beiden Teilen müsste doch
Nur ein Vorteil draus entsprießen.
Was steht wohl, was übel an,
Wenn man es nicht scheiden kann?
Frauen, lasst euch lehren:
Zürntet ihr nicht, wollt ein Mann
Über einen Kamm euch scheren?

Nebukadnezars Traum

Ez troumte, des ist manic jâr

Es war vor grauen Jahren schon,
Da träumte einst zu Babylon
Dem König, schlimmer würd es in den Reichen.
Wenn nun, der heut schon bosheitsvoll,

Noch bösre Kinder zeugen soll,
Hilf Gott, wem soll man diese dann vergleichen?
Geschäh's, dass ich den Teufel sähe,
Nicht hasste so ich seine Nähe,
Als schlimmer Eltern schlimmre Brut;
Von solcher Frucht wird uns nicht Heil noch Ehre!
Denn allen, die sich selbst verderben
Und zwiefach ihre Schuld vererben,
Die Kinderlosigkeit wär denen gut!
Dass sich die Zahl zuchtloser Herrn nicht mehre,
Davor, o Herr, nimm uns in Hut!

Schlimme Zeit

Die grîsen wolten'z überkomen

Die Weisen sprechen für und für:
Auf Erden stünd es traurig wie noch nie,
Dieweil man wenig Freude spür;
Doch stritt ich immer zornig wider sie,
»Sie möchten ganz veralten,
Es würde doch nicht wahr.«
Ihr Wort missfiel mir gar;
So stritt ich mit den Alten!
Sie haben recht behalten
Schon länger als ein ganzes Jahr.

Mein Auge großes Wunder sieht,
Das manchem, der es nicht verdient wie ich,
Doch Freude blüht und Glück geschieht.
O weh dir, Welt, wie steht es doch um dich?
Wenn Gott nun hätt erkoren
Dem einen klugen Sinn,

Dem andern Glücksgewinn,
Dann wäre reichen Toren
Die Ehre nicht verloren,
Wär ich so reich als arm ich bin.

Vordem, als alle waren froh,
Da wollte niemand hören meine Klage;
Jetzt aber geht es manchem so,
Dass sie mir willig glauben, was ich sage.
Mag Gott im Himmel senden
Bald wieder bessre Zeit,
Er geb uns Seligkeit,
Dass unsre Sorgen enden.
Ach, könnt ich sie doch wenden –
Doch mich drückt noch besondres Leid.

Sittenverfall

Âne liep sô manic leit

Ohne Lust so manches Leid,
Wer ertrüge das wohl länger noch?
Wär's nicht Unbescheidenheit,
Rief ich: »Holla, Glück – komm näher doch!«
Ach, Frau Fortuna bleibt mir fern,
Und keinen Menschen sucht sie gern,
Der Treue hält:
Ist's so, was wird sodann aus mir in aller Welt?

Weh, welch dürftiger Gewinn
Täglich meinem Blick vorüberfährt?
Dass ich so verachtet bin
Doch in Sitten, und mir's keiner wehrt!

Ja, mit den guten alten Sitten
Ist man allorts jetzt schlecht gelitten,
Denn Ehr und Gut
Hat heute leider nur, wer Böses liebt und tut!

An der Männer Unrecht sind
Frauen schuld – das ist nun leider so!
Als ihr Herz noch hochgesinnt,
War die Welt um ihretwillen froh.
Wie gut von ihnen sprach man da,
Als man sie wohlgesittet sah –
Nun kann man schauen,
Dass Unrecht Liebe nur erwirbt bei allen Frauen.

Komm ich zu den Frauen hin,
Hab ich über nichts so große Klage,
Als dass ich je züchtger bin,
Ich mir desto minder Gunst erjage.
Sie lästern alle guten Brauch,
Doch gibt's verständge Frauen auch:
Die mein ich nicht –
Die schämen sich, wenn man von schlechten Frauen spricht!

Reines Weib und guter Mann,
Alle solche sollen selig sein!
Wo ich denen dienen kann,
Tu ich's gern, dass sie gedenken mein.
Doch dieses sag ich unbeirrt,
Sofern die Welt nicht besser wird,
So will ich leben
So gut ich kann und mich des Singens ganz begeben!

Die Kläffer

Uns irret einer hande diet

Ein Völkchen bringt uns wenig Frommen:
Wenn das erst wär vertrieben,
Sich manchem wohlerzognen Mann
Am Hof ein Plätzchen beut.
Die lassen nicht zu Wort ihn kommen,
Da sie das Schreien lieben;
Könnt er, was man nur Gutes kann,
Es hülfe ihm kein Deut!
»Ja, ich und andre Toren,
Wir schrein ihm in die Ohren,
Kein Mönch, singt er die Horen,
Macht größeres Gebrüll.«
Wohl sollte Ehre bringen
Bescheidnen Mannes Singen.
Doch Narrenschellenklingen –
Hier schweig ich lieber still!

Verfall der Zucht

Sô wê dir, werlt, wie übel dû stest

O Welt, wie schlimm es um dich steht,
Dass solche Dinge man begeht,
Die ohne Schmerz kein Edler kann ertragen.
Schier bist du ohne alle Scham,
Weiß Gott, ich bin dir herzlich gram –
Denn du bist heut ganz aus der Art geschlagen.
Hast du dir Ehren noch erhalten?
Man sieht bei dir kein fröhlich Walten,
Wie man es sah manch frühern Tag.

Was haben milde Herzen zu entgelten,
Dass man nur lobt die geizigen Reichen?
Welt, du hast Laster ohnegleichen,
Dass ich es nicht beschreiben mag.
Auf Wahrheit hört man heut, auf Treue schelten,
Der Ehre ist's ein harter Schlag!

Kunstverfall

Ouwê hovelîchez singen

Weh euch höfischen Gesängen,
Dass dich ungefüge Töne
Allgemach vom Hof verdrängen,
Grad, als ob euch Gott verhöhne!
Weh, wie eure Würde niederliegt,
Keinen eurer Freunde stimmt es froh –
Doch, es muss so sein – drum sei's denn so:
Unkunst, du hast obgesiegt!

Wer uns Freude wiederbrächte,
Die der wahren Kunst entquölle,
Wie man dessen rühmend dächte,
Wo sein Name nur erschölle!
Ja, das wär ein hofgerechter Mut,
Wie ich stets mich sehnte, ihn zu schaun –
Ziemend wär es allen Herrn und Fraun:
Wehe, dass es keiner tut!

Die das gute Singen stören,
Derer gibt es ungleich mehre,
Als die lieber Wohlklang hören;
Darum folg ich alter Lehre:

Nimmer in die Mühle trat ich noch,
Wo der Stein im Schwung so knarrend schleift,
Und das Rad so schrille Weisen pfeift –
Das ist übles Harfen doch!

Die so dreist und vorlaut schallen,
Derer muss ich zürnend lachen,
Weil sie selbst sich wohlgefallen
An so kunstlos-groben Sachen,
Wie im Tümpel sich die Unke spreizt,
Die sich am Gequak so wohlbehagt,
Dass davor die Nachtigall verzagt
Und mit ihrem Wohllaut geizt.

Wenn man Unfug schweigen hieße,
Tönten neu bald bessre Lieder,
Wenn man aus der Burg ihn stieße,
Käm die alte Freude wieder.
Jagten ihn die großen Höfe fort,
Sollt es wohl mit meinem Willen sein:
Unfug, kehre bei den Bauern ein,
Denn dein Ursprung stammt von dort!

Gleichnis vom Gärtner

Swâ guoter hande wurzen sint

Wo gutgeratne Kräuter sind
In einem grünen Garten,
Da sollte sie ein weiser Mann
Wohl nehmen recht in Hut.
Er soll sie kosen wie ein Kind
Und scharfen Auges warten;

Wohl lohnen sie mit Lust ihm dann
Und höhen seinen Mut.
Ausreiße er bedächtig,
Und prunkt's auch farbenprächtig,
Das Unkraut, eh es mächtig;
Auch seh er, ob sich nicht
Ein Dorn schlich ins Gehege:
Das schaff er aus dem Wege,
Weil sonst die beste Pflege
Vergebens Lohn verspricht.

Erziehungsregeln

Nieman kan beherten

Niemals pflanzt die Rute
Kindern ein das Gute:
Wer zu Ehren kommen mag,
Dem gilt Wort soviel als Schlag.
Dem gilt Wort soviel als Schlag,
Der zu Ehren kommen mag.
Kindern pflanzt das Gute
Niemals ein die Rute!

Hütet eure Zungen,
Das steht wohl den Jungen.
Schiebt den Riegel vor die Tür,
Lasst kein böses Wort herfür. –
Lasst kein böses Wort herfür,
Schiebt den Riegel vor die Tür;
Das steht wohl den Jungen,
Hütet eure Zungen!

Hütet eure Augen,
Lasst sie dazu taugen:
Gute Sitten nur zu sehn,
Böse lasst sie übergehn. –
Böse lasst sie übergehn,
Gute Sitten nur zu sehn,
Dazu lasst sie taugen:
Hütet eure Augen!

Hütet eure Ohren,
Oder ihr seid Toren.
Lasst ihr böses Wort hinein,
Wird es euch zur Schande sein. –
Ja, zur Schande wird's euch sein,
Lasst ihr böses Wort hinein;
Oder ihr seid Toren:
Hütet eure Ohren!

Hütet drum der dreien,
Dieser allzu freien.
Zungen, Augen, Ohren sind
Boshaft oft, für Ehre blind. –
Boshaft oft, für Ehre blind
Ohren, Augen, Zungen sind,
Diese allzu freien:
Hütet drum der dreien!

Niemand kann Ritter sein
dreißig Jahr' und einen Tag,
fehlt's ihm an Gesinnung,
Wohlgestalt und Gut.
Fehlt's ihm an Gesinnung,
Wohlgestalt und Gut,

dreißig Jahr' und einen Tag
kann niemand Ritter sein.

(Ergänzt wurde hier die von Zoozmann nicht übersetzte sechste Strophe des Gedichtes; Anm. d. Red.)

Fruchtlose Erziehung

Selbwahsen kint, du bist ze krump

Halsstarrig Kind, du bist zu krumm,
Es biegt dich keiner grade mehr;
Der Rute bist du leider schon zu groß,
Dem Schwerte noch zu klein –
So schlaf in Ruhe denn vor mir!
Ich halte schier mich selbst für dumm,
Dass ich dich ehrte allzu sehr;
Ich barg die Unart dein in Freundes Schoß,
Mein Leid band ich ans Bein –
Und tief verneigt ich mich vor dir!
Nun sei dein Lernen lehrerlos,
Ich kann nicht länger meistern dich,
Vermag's ein andrer, der dir mehr
Behagt, wohlan, so freu es mich.
Doch weiß ich wohl, wenn seine Kraft
Zu Ende geht und nichts mehr schafft,
Noch etwas lockt aus dir herfür,
So steht der Herr mit seiner Kunst
Bald ratlos vor der Tür!

Klage um Reinmars Tod

1.

Owê daz wîsheit unde tugent

O weh, dass Weisheit doch und Tugend,
Dass Mannesschönheit, Mannesjugend
Sich nicht vererben, wenn der Leib erstirbt.
Mit Recht beklagt's der weise Mann,
Der's fühlen und ermessen kann,
Reinmar, dass solche Kunst an dir verdirbt!
Drum soll verdientes Lob dir sprießen,
Weil du dich ließest nie verdrießen
Der Frauen Preis und Lobgesang;
Sie sollen dir's gedenken dankdurchdrungen.
Denn hättest du nichts als das Lied gesungen:
»O wohl dem Weib von reinen Namens Klang«,
Es müsste jede Frau des Himmels Gunst
Auf dich erflehn für deine edle Kunst.

2.

Dêswar, Reinmâr, dû riuwes mich

Reinmar, fürwahr! Du dauerst mich
Um vieles mehr wohl als ich dich.
Wenn du noch lebtest und ich wär gestorben.
Aufrichtig will ich sein und sagen:
Um dich nur würd ich wenig klagen.
Mehr, dass solch edle Kunst mit dir verdorben!
Du konntest aller Welt die Freuden mehren,
Wenn du dein Lied zum Guten wolltest kehren;
Mich schmerzt, dass schon zu meiner Zeit verklang
Aus deinem Mund der wohllautreiche Sang,
Und dass er nunmehr mit dir selbst verschied!

Gesellschaft hätt ich gerne dir gegeben –
Mein Sang wird sich nicht lange mehr erheben.
Fahr wohl! und lass dir danken für dein Lied!

Reinmar von Hagenau lebte am Wiener Hof; starb um 1206.

Anzeichen des Jüngsten Tages

Nû wachet, uns gêt zuo der tac

Nun wachet, wacht! Es naht der Tag,
Vor dem wohl bang erbeben mag
Die Christenheit, der Juden Volk und Heiden!
Viel Zeichen gab's in jedem Land,
Daran sein Kommen ward erkannt,
Wie uns untrüglich kann die Schrift bescheiden.
Der Sonne Schein uns nimmer freut,
Untreue ihren Samen streut
Allorts nach allen Seiten.
Beim Kind der Vater Untreu findet,
Der Bruder seinem Bruder lügt,
Der Geistliche in Kutten trügt,
Statt uns zum Himmel zu bereiten:
Obsiegt Gewalt, das Recht verschwindet –
Wacht auf, und ändert euch beizeiten!

Im Jahre 1207 berichteten die Chronisten von solchen Zeichen.

Das Jüngste Gericht

Ich hœre des die wîsen jehen

Ich hörte weise Leute sagen,
Dass ein Gericht bald solle tagen,
Wie nie vordem gewesen eins so strenge.
Da hört den Richter also man:
»Nicht Pfand noch Bürgschaft helfen kann!«
Da kommt bald alle Menschenkunst ins Enge.
Drum hilf, o Frau, das hier besorgen,
Denn dort im Jenseits gibt's kein Borgen;
Hilf bei der höchsten Freude dein,
Die dir der heil'ge Engel brachte,
Als er dir die Empfängnis kündete,
Durch die sich deine Freude zündete,
Die ewig unser Heil soll sein.
Der diese Wonne dir entfachte,
Der soll mir Trost im Tod verleihn!

Religiöses, Lehrhaftes und Spruchdichtung

»*In nomine domini* fang ich an.«

Leich

Got, dîner trinitâte

Gott, dein dreieinig Wesen,
Das du dir auserlesen
Und das von je gewesen,
Wir preisen es dreifaltig,
Dreifach bist du einhaltig!

Dich, Gott, den hohen, hehren,
Den Ursprung aller Ehren,
Kann keine Macht versehren:
Er send uns seine Lehren!
Uns wusste zu verkehren
Den Sinn zu mancher Sünde
Der Fürst der Höllenschlünde.

Sein Rat und schwachen Fleisches Gier
Entfernten uns, o Herr, von dir.
Doch dieser beiden Widerstand
Zwingt deine sieggewohnte Hand
Um deines Heil'gen Namens Ruhm;
Drum lass mit dir zum Siegertum
Auch unsre schwache Kraft sich heben
Zu treubeständgem Widerstreben,
Auf dass du seist geehret,
Dein Ruhm und Preis sich mehret;
Er aber sei entehret,
Der uns die Sünde lehret!

Er, der zur Sinnenlust uns jagt,
Liegt doch vor deiner Kraft verzagt,
Drum sei dir ewig Lob gesagt,
Wie auch der reinen Himmelsmagd,
Durch die Erlösung uns getagt
Im Sohn, der ihr als Kind behagt.

Magd und Mutter schaue
Der Christenscharen Not;
Dem blühenden Stabe Arons,
Dem jungen Morgenrot
Gleichst du, Ezechiels Tor,
Das keinem offen stand,
Durch das der Himmelskönig
Nur Aus- und Eingang fand.
Wie den Kristall die Sonne
Durchstrahlt, so rein und klar,
Gebar sie unsre Wonne,
Die Magd und Mutter war.

In hellem Brand
Ein Busch einst stand
Und ward nicht von der Glut verzehrt.
Sein Schmuck und Glanz
Verblieb ihm ganz,
Von Feuerzungen unbeschwert.

So blieb auch rein
Die Magd allein,
Die eine Jungfrau unversehrt
Des Kindes Mutter worden ist,
Ohn dass von einem Mann sie wüsst.
Und, was kein Menschensinn vermisst,
Den reinen Christ
Gebar, der uns bedachte.
Drum Heil uns, dass sie ihn gebar.
Der unsers Todes Tilger war!
Es wusch sein reines Blut uns klar
Von Sünden gar,
Die Evas Schuld uns brachte.

Vom hohen Thron
Des Salomon –
Bist du, o Frau, Gebieterin!
Balsamreichende,
Nie verbleichende
Perle du – vor allen Mägden
Magd und Königin!
Gottes Amme,
Du gabst dem Lamme
Den Leib zum Schreine,
Es lag der Reine
Sündlos darin!

Dem Lamm fürwahr
Gleicht offenbar
Der Mägdlein Schar,
Die sein nimmt wahr
Und folgt, wohin sich's kehret.
Das Lämmlein ist
Der wahre Christ,
Durch den du bist
Für ew'ge Frist
Erhöhet und geehret.
Nun bitt ihn, dass er uns verleiht
Um deinethalben Kraft zum Streit:
Sei uns mit Himmelstrost bereit.
So wird dein Lob gemehret!

Dir Magd, der unschuldreichen,
Dem Vließe zu vergleichen,
Das Gideon zum Zeichen
Gott selbst benetzt mit seinem Tau,
Es drang das Wort der Worte
Zu deiner Ohren Pforte,
Das dich von Ort zu Orte
Durchsüßet, süße Himmelsfrau!

Was aus dem Worte einst erstand,
Ist frei von Kindes Sinn und Tand:
Es wuchs zum Wort und ward ein Mann,
O schauet recht dies Wunder an.
Dass einen Gott, der ewig war,
Ein Weib nach Menschenart gebar;
Hier überwundert seine Macht
Die Wunder noch, die schon vollbracht.
Den Wundertäter trug ein Weib
In keuschem, unbeflecktem Leib

Wohl vierzig Wochen und nicht mehr
Ohn alle Sünde und Beschwer.

Nun bitten wir die beiden.
Die Mutter und das Kind,
Dass sie uns Heil bescheiden
So gut und rein sie sind.
Denn ohne sie kann keiner
Hier oder dort gedeihn –
Und leugnet dies uns einer,
Der muss wohl töricht sein.

Wie kann's geschehn, dass der gedeiht,
Der ohne Herzenslauterkeit
Zur Reue niemals wär bereit,
Da Gott die Sünden nur verzeiht,
Wenn sie gereun zu jeder Stund,
Tief, tief, bis in des Herzens Grund?
Dem Weisen ward schon längst es kund,
Dass keine Seele wird gesund,
Die, von dem Schwert der Sünde wund,
Dem Reubekenntnis schließt den Mund.

Schwer wird uns nun die Reue;
Drum betet, dass der treue
Herrgott sie uns aufs neue
In unsre Herzen streue:
Der kann wohl harten Herzen geben
Wahrhafte Reu und reines Leben:
Drum sollte keiner widerstreben.
Wo er zerknirschte Reue weiß,
Da schmiedet er die Reue heiß,
Bis er das wilde Herze zähmt,
Dass es sich aller Sünde schämt.

Gottvater und Gottsohn, wir flehen:
Den rechten Geist herab uns schicke,
Dass er mit süßer Himmelsflut
Die dürren Herzen recht erquicke!
Unrechter Ding ist um und um
Die Christenheit so voll;
Liegt im Spital das Christentum,
Steht's nimmer, wie es soll!
Dürstend Begehren
Trägt's nach den Lehren,
Die es von Rom gewöhnt gewesen!
Wer die ihm schenkte,
Es damit tränkte
Wie sonst, der brächt es zum Genesen.

Ihm brachte seiner Leiden Schar
Die arge Simonie fürwahr:
Nun steht es aller Freuden bar,
Und läuft Gefahr,
Will es den Schaden rügen.
Das Christentum, die Christenheit,
Wer diese zwei gleichlang und -breit
Zusammennähte in ein Kleid
Zu Lust und Leid,
Der will auch, dass wir trügen
In Christo christenliches Leben:
Da er zusammen uns gegeben,
Wollt er, dass nichts uns scheide.
Wer christlich nur mit Worten spricht
Und Christenwerke übet nicht,
Der ist wohl halb ein Heide.
Dies eine ist zumeist uns not:
Das Wort ist ohne Werke tot –
Gott schütz und fördre beide,

Und deck uns mild
Mit seinem Schild;
Sein Ebenbild
Hat er uns selbst geheißen.
Besänftge, Herrin, seinen Zorn,
Gottmutter du und Gnadenborn,
Schimmernde Rose ohne Dorn,
Lass deine Sonne gleißen!

Dich lobt die hehre Engelsschar,
Doch soviel Lob sie brachte dar,
Des Rühmens nie ein Ende war,
So oft es ward gesungen
Von Mensch- und Engelszungen,
Und wo es auch erklungen,
Im Himmel und hienieden,
Denk des und gib uns Frieden.
Sieh gnädig auch auf unsre Schuld
Und schenk uns milde Himmelshuld,
Auf dass dein Flehen dringet
Zu dem, der Gnade bringet,
Mit Hoffnung uns beschwinget,
Vergebung uns erringet,
Dass wir, die schwer mit Schuld beladen,
Mit deiner Hilfe rein uns baden
Im Quell beständger Reue
Um unsrer Sündenlast,
Die du nächst Gott, du Treue,
Nur zu vergeben hast!

Leiche sind Gesänge, die aus verschiedenen Strophenarten bestehen, während das Lied im Gegensatz dazu nur eine oder mehrere gleichgebaute Strophen umfasst. Aus diesem wundervollen Gedicht spricht eine herrliche Feierlichkeit, eine wahre tiefe Innerlichkeit und ein unerschütterlicher christlicher Glaube.

Kreuzlied

(Zum Kreuzzug von 1228)

Vil süeze waere minne

Vielsüße, wahre Minne,
Geleite schwache Sinne;
Bei deinem Anbeginne
Hilf, Gott, der Christenheit.
Der uns zum Heil gekommen,
Das Leid von uns genommen,
Der Waisen Hort und Frommen,
Hilf rächen dieses Leid!
Erlöser von den Sünden,
Dein Reich hilf uns begründen,
Mag uns dein Geist entzünden,
Wenn reuig Herz er fand.
Du hast dein Blut vergossen,
Den Himmel uns erschlossen,
Nun lösen unverdrossen
Wir gern das heil'ge Band!
Gebt hin, was euer eigen,
Gott wird sich hilfreich zeigen,
Er, der so manchen Feigen
Zur Hölle hat verbannt.

Dies kurze Leben schwindet,
Der Tod uns sündig findet:
Wer sich mit Gott verbindet,
Entgeht dem Höllenleid.
Für Not wird Huld gefunden,
Nun heilet Christi Wunden!
Sein Land wird bald entbunden
Von Not und allem Streit.

Lass, herrlichste der Frauen,
Uns deinem Beistand trauen;
Dein Sohn den Tod musst schauen,
Dem er den Leib ergab.
Mag uns sein Geist durchdringen,
Dass wir die Heiden zwingen,
Die Taufe nie empfingen,
Auf dass sie schreckt der Stab,
Dem auch die Juden fallen.
Man hört ihr Schreien hallen
Und Lob dem Kreuz erschallen:
Wohlauf, erlöst das Grab!

Der Leib muss uns verderben,
Eh wir den Lohn erwerben.
Gott wollte für uns sterben –
Sein Trost ist aufgespart.
Sein Kreuz, mit Heil bewehret,
Hat unser Glück gemehret;
Wer sich von Zweifeln kehret,
Die Seele wohl bewahrt.
Du Leib, in Schuld vergessen,
Zeit ist dir zugemessen,
Allorts vom Tod umsessen,
So stehn wir ohne Wehr.
Ihr Christen, auf, von hinnen!
Der Hölle zu entrinnen,
Den Himmel zu gewinnen,
Ist keine Not zu schwer.
Gott will mit Heldenhänden
Uns seine Hilfe spenden,
Drum soll sich ostwärts wenden
Das heil'ge Kriegesheer.

Gott, steh uns treu zur Seite
Mit förderndem Geleite,
Bis uns nach all dem Streite
Der letzte Hauch entgeht.
Schütz uns vorm Höllenschlunde,
Dass wir nicht gehn zugrunde,
Uns allen ward ja Kunde,
Wie jammervoll es steht.
Das Land, das heilig-reine,
Ist hilflos und alleine,
Jerusalem, nun weine,
Wie dein vergessen ist!
Es drängen dich mit Schwere
Der Heiden stolze Heere;
Bei deines Namens Ehre
Erbarm dich, Jesu Christ,
Der Not, womit sie ringen,
Die dort den Bürgen dingen.
Dass sie nicht uns auch zwingen,
Verhüt in kurzer Frist!

Im gelobten Lande

(Kreuzzug von 1228)

Nû alrêst leb ich mir werde

Nun ich erst zufrieden werde,
Da mein sündig Auge sieht
Dieses Landes heil'ge Erde,
Die man singt und preist im Lied.
Ward erfüllt doch, was ich bat:
Nun ich schauen darf den Pfad,
Den der Herr als Mensch betrat.

Schöne Lande, segensreiche,
Hab ich wandernd viel gesehn,
Keins ist, das sich dir vergleiche;
Was sind Wunder hier geschehn!
Eine Magd ein Kind gebar,
Hehr ob aller Engel Schar –
Göttlich-menschlich wunderbar!

Hier ließ sich der Reine taufen,
Dass der Mensch gereinet sei;
Hier auch ließ er sich verkaufen,
Dass die Sklavenzeit vorbei.
Flöss uns je des Heiles Born
Ohne Kreuz und Speer und Dorn?
Heidentum, das ist dein Zorn!

Als er unser sich erbarmte,
Litt der Herrliche den Tod,
Dass sein Reichtum uns Verarmte
Ledig mache aller Not.
Dass sein Blut uns kaufte los,
Er, das Reis aus Jungfraunschoß,
Ist vor allen Wundern groß.

Nieder dann zum Höllenschlunde
Fuhr der auferstandne Sohn,
Ihm war heil'ger Geist im Bunde
Mit dem Herrn im Himmelsthron.
Nur der ein'ge Gott allein,
Wie ihn Abram schaute rein,
Löst dies Bündnis auf von drein.

Als er dort den Feind bezwungen,
Wie kein Kaiser siegt im Streit –

Hat er neu sich hergeschwungen
Auf die Welt zu Judas Leid.
Dass er ihre Hut durchbrach,
Mit den Jüngern ging und sprach,
Den ihr Hass mit Dornen stach.

Als der Retter hier verweilet
Vierzig Tage, ist er frei
Zu dem Vater hingeeilet;
Seinen Geist, der mit uns sei,
Hat er auf die Welt gesandt:
Heilig drum wird dieses Land,
Heilig aller Welt genannt!

Auf dies Land hat er gesprochen
Einen schreckensreichen Tag,
Da die Witwe wird gerochen
Und die Waise klagen mag
Mit der Armut ob Gewalt,
Die sie litten mannigfalt:
Wohl ihm dort, der hier entgalt!

Weltgerichtsbarkeits Gebrechen
Hemmt des Rechtes Gang nicht mehr;
Denn er selbst kommt Urteil sprechen,
Zieht der jüngste Tag daher.
Wen noch Schuld drückt, wehe dann,
Dort, wo der verlassne Mann
Pfand und Bürgen haben kann.

Lasst euch dessen nicht verdrießen,
Was gesprochen hat mein Mund,
Drum will ich die Rede schließen
Und zuletzt euch machen kund:

Was im Anbeginn erdacht
Gottes Herrlichkeit und Macht,
Hier begann's und ward vollbracht.

Christen schwören, Juden, Heiden,
Dass dies Land ihr Erbteil sei,
Diesen Zweifel wird entscheiden
Einst des Himmels heil'ge Drei!
Alle Welt dies Land begehrt,
Uns ward drauf ein Recht beschert,
Unser sei es unversehrt!

Gegen die Feinde Christi

Rich, hêrre, dich und dîne muoter, megede kint

Dich und die Mutter räche, o heil'ger Jungfrau Kind,
An allen, die da euers Erblandes Feinde sind,
Den Christen wie den Heiden sei nicht im Zorn gelind!
Es sind nicht nur die Heiden, die Ärgernis dir geben,
An allen räch dich, Heiland, die übel dir gesinnt.
Die Heiden sind's, die offen sich wider dich erheben,
Doch sie gestehn es frei, dass sie für dich nicht leben:
Viel schlimmer sind, die heimlich nach Heidenfreundschaft streben!

Als Kaiser Friedrich im August 1228 den Kreuzzug endlich antrat, suchte der herrschsüchtige Papst das Unternehmen auf alle mögliche Weise zu hintertreiben, erklärte alle Vorbereitungen für ungültig, entband die Kreuzfahrer vom Gelübde und drohte allen mit dem Bann, die noch eine Beisteuer dazu entrichten würden.

Versagtes Lob

Der anegenge nie gewan

Der einen Anfang nie gewann,
Doch allen Anfang machen kann,
Der Ewigkeit kann schaffen und beenden,
Dem alles ruht in Schöpferhänden –
Wer ist da wohl des höchsten Lobes wert?
Er steh voran in meiner Weise,
Er ist's, den ich vor allem preise:
Ruhm wird das Lob, das er begehrt!

Dann loben wir die süße Magd,
Der keinen Wunsch ihr Sohn versagt,
Die Mutter des, der uns von Sünde löste
Und Trost gereicht, der uns vor allem tröste,
Dass man im Himmel ihren Willen tut.
Wohlan, ihr Alten und ihr Jungen,
Es sei ihr Lob und Preis gesungen –
Uns ehrt's, denn sie ist rein und gut!

Euch Engel sollt ich grüßen auch,
Doch tät ich's, töricht wär der Brauch.
Denn habt ihr schon der Heiden Werk zerstöret? –
Da niemand etwas von euch sieht noch höret,
So saget, wessen ihr euch rühmen könnt?
Könnt ich wie ihr den Heiland rächen,
Mit niemand wollt ich mich besprechen,
Euch wäre Ruh vor mir gegönnt!

Herr Michael, Herr Gabriel,
Ihr Teufelsfeind, Herr Raphael,
Ihr seid begabt mit Weisheit, Heilkraft, Stärke,
Drei Engelchöre helfen euch beim Werke,

Die müssen fügsam euch zu Willen sein!
Wollt ihr an meinem Lob euch weiden,
So schadet erst einmal den Heiden:
Tät ich's zuvor, sie lachten mein!

Mit köstlicher Naivität verweigert Walther selbst den Erzengeln den dichterischen Preis, wenn sie sich der Christenheit nicht annehmen wollen, da sie doch die Macht dazu haben.

Der große Sturm

Owê, ez kumt ein wint, daz wizzet sicherlîche

O weh, es kommt ein Sturm gebraust,
Davon in unsern Tagen,
Wie er die ganze Welt zerzaust,
Man singen wird und sagen.
Der soll – so hört man schreckensbleich
Pilgrim und Waller klagen –
Durchrasen jedes Königreich
Und Baum und Turm zerschlagen.
Den Großen weht das Haupt er ab,
Drum lasst uns fliehn zu Gottes Grab.

O weh, wie doch die Ehre ward
Ein Fremdling deutschen Landen,
Wo Mannheit, edle Sinnesart,
Wo Gold und Silber schwanden.
Wer noch alldies sein eigen nennt
Und bleibt daheim mit Schanden:
Ihn lohnt nicht Gott, für ihn entbrennt
Kein Weib in Liebesbanden.

Er fürchte einst im Himmel Gott,
Auf Erden schon der Menschen Spott.

O weh uns müßig Volk, dass wir
Uns lässig niederließen,
Dass zwischen Lust und Freuden hier
Uns Not und Jammer sprießen.
Zu keiner Arbeit mochten mehr
Im Lenz wir uns entschließen,
Er trug nur flüchtge Freuden her,
Die Dauer nicht verhießen.
Uns trog der kurze Vogelsang –
Heil dem, der sichres Glück errang!

O weh dem Liede, das wir da
Zur Grillenfiedel sangen,
Statt dass wir, eh der Winter nah,
Zu sammeln angefangen.
Ach, dass wir nicht mit Bienenfleiß
Uns mühten! Längst errangen
Wir Lohn dann als der Mühe Preis –
Es geht, wie's stets gegangen.
Es höhnt ein Narr des Weisen Wort,
Wer recht hat, zeigt dereinst sich dort!

Die Chronisten berichten von einem Orkan im Dezember 1227.

Morgengebet

Mit saelden müeze ich hiute ûf stên

Mit Segen lass mich heut erstehn,
Herr Gott, in deinem Schutze gehn

Und reiten, wo auch hin mein Pfad sich kehre!
    Herr Christ, lass sichtbar mir gedeihn
Die große Kraft der Gnade dein
Und schirme mich um deiner Mutter Ehre!
    Wie ihrer einst der Engel pflegte
Und dein, als dich die Krippe hegte,
Und du bei Eselein und Rind,
Ein alter Gott, ein junges Kind,
Demütig lagst in sichrer Hut,
Und Gabriel dich schützte gut –
So sei auch stets mein Heil und Hort,
Dass ich erfülle fort und fort,
Herr Jesus Christ, dein göttlich Wort!

Mit dem Engel ist Gabriel gemeint.

Gottes Unerforschlichkeit

Mehtiger got, dû bist sô lanc und sô breit

    Allmächtger Gott, du thronest so hoch, so hehr, so weit,
Bedächten wir's, verlören wir weder Müh noch Zeit,
Du waltest unermesslich in Macht und Ewigkeit.
    Ich weiß es längst, und weiß auch, dass andre danach ringen,
Obwohl dein Sein und Wesen bleibt Unerforschlichkeit.
Du zeigst dich groß und winzig, du bist nicht zu durchdringen,
Strebt Tag und Nacht, ihr Toren, ihr werdet's nicht erzwingen,
Wer predigt und belehrt euch in unfassbaren Dingen?

Bekenntnis

Vil wol gelobter got, wie selten ich dich prîse!

Du hochgelobter Gott, wie selten ich dich preise!
Da du mir doch verliehn die Kunst in Wort und Weise,
Wie konnt ich freveln so, weh mir, an deinem Reise?
Ich handle sündig noch, mir fehlt die wahre Minne
Zu meinem Nächsten, ach, und, Vater, selbst zu dir,
Nur einem war ich stets in Huld gewogen: mir!
Gottvater, Sohn und Geist, erleuchte meine Sinne:
Wie lern ich lieben den, der mir nur Übles tut?
Bisher nur liebt ich den, der auch zu mir ist gut;
Und weil ich nach wie vor noch dieser Ansicht inne,
Gib mir für diese Schuld Vergebung zum Gewinne!

Unter dem Reise ist Gottes Zepter zu verstehen.

Gleichheit vor Gott

Swer âne vorhte, hêrre got

Wer ohne Scheu, allmächtger Gott,
Will sprechen deine zehn Gebot
Und spricht sie dennoch – dem fehlt wahre Minne!
So mancher zwar dich Vater nennt:
Wer mich als Bruder nicht erkennt,
Der spricht ein großes Wort mit schwachem Sinne.
Wir sind entstanden gleicherweise,
Im Stoffe wechselt unsre Speise,
Nachdem sie Nahrung uns gewährt.
Kannst du den Herrn vom Knechte unterscheiden
(Und mochte er dein Freund auch sein),

Wenn du betrachtest sein Gebein,
Indes Gewürm den Leib verzehrt?
Ihm aber dienen Christen, Juden, Heiden,
Der alles wunderbar ernährt!

Selbstbeherrschung

Wer sleht den lewen? wer sleht den risen?

Wer schlägt den Leuen, schlägt den Riesen?
Wer überwindet den und diesen?
Der tut es, der sich selbst bezwingt
Und aus dem Sturm der Leidenschaften
Gerettet in den Hafen bringt,
Wo Zucht und gute Sitten walten.
Erlernte Sitte kann nicht haften
Und mag für einen Tag nur halten.
Das Echte dauernd bleibt bestehen,
Das Übertünchte muss vergehen!

Käuflichkeit

Wolveile unwirdet manegen lîp

O Schmach, wer Käuflichkeit lässt schauen,
Ihr edlen Herren, reinen Frauen!
Gebt nie um schnöden Lohn euch feil,
Viel größres Lob wird euch zuteil,
Lasst ihr um Liebe euch erkaufen.
Jedoch dem Undank nachzulaufen,
Ist das Erbärmlichste: Es schuf
Noch Eintrag stets dem guten Ruf!

Reichtum und Armut

Swelch man wirt âne muot ze rîch

Wer seinen Schatz, doch nicht sein Wissen häuft,
Und dann sich seines Reichtums wegen brüstet,
Dem schadet's, wenn er sich so stolz gelüstet.
»Zu reich – zu arm«, mit allen beiden läuft
Man leicht Gefahr: Armut uns Not bereitet,
Reichtum zu leicht den Sinn zum Stolz verleitet!

Kunst der Freigebigkeit

Daz milter man gar wârhaft sî

Ein Wunder ist es, wenn's geschieht,
Dass man Freigebge wahrhaft sieht.
So großen Willen, so viel Gunst,
Wer kann's zu Ende bringen?
Verstand und Witz gehört dazu
Und Aufstehn vor der Morgenruh,
Und noch manch andre wackre Kunst,
Sonst hapert's aller Dingen.
Wer also tut,
Der soll den Mut
Auf Ruhe selten kehren:
Er wäge alles mit Verstand,
Geb den Erfolg in Gottes Hand;
Merkt auf, er fand
Den Weg zu steten Ehren.

Habsucht

Swer houbet sünde und schande tuot

Wer wissentlich um Geld und Gut
Verbrechen, Sünd und Schande tut,
Wie sollte den man einen Weisen nennen?
Wer Gut auf solche Art gewann,
Den sollte jeder wackre Mann
Als einen Toren – wenn er's weiß – erkennen.
Ein Weiser nimmt sich zu Gemüte
Nichts mehr als Gottes Huld und Güte;
Das Leben selbst und Weib und Kind
Verlör er, eh er dieser zwei vergäße.
Mich deucht ein solcher Tor nicht weise,
Auch der nicht, der ihn glücklich preise –
Mich deucht, dass beide Toren sind!
Ja, wer ein andres gern dafür besäße,
Das ist ein Narr, am Geiste blind.

Abfindung

Waz wunders in der werlte vert!

Wie wunderbar ist diese Welt,
Auf der uns stets zufriedenstellt
Der Herr, der das Erschaffne reich begnadet!
Dem einen gibt er weisen Sinn,
Dem andern Gut und den Gewinn,
Dass er sich selbst mit diesem Gute schadet.
Den armen Mann mit klugen Sinnen
Ziemt's vor dem reichen Mann zu minnen,
Der nicht nach Ehr und Tugend fragt!
Nur Gottes Huld und Güte zu erlangen,

Danach soll Menschen-Ehrgeiz ringen.
Wer so dem Gut sich will verdingen,
Dass er gern jener zwei entsagt,
Der hat für hier und dort den Lohn empfangen,
Da hier ihm Reichtum wohl behagt.

Treue Freunde

Swer staetes friundes sich durch übermuot behêret

Wer seinen treuen Freunden aus Stolz den Rücken kehrt
Und ihnen zur Beschämung nur immer Fremde ehrt,
Dem werde gleiche Münze von Höheren beschert.
Dass ihn der oft umarmte und beste Freund nicht achte,
Sollt er sein Bürge werden für Leben ihm und Gut.
Ich hab es wohl erfahren, dass, wer voll Wankelmut,
Dem angebornen Freunde die Not einst wiederbrachte.
Das wird durch Gottes Fügung wohl öfter noch geschehn,
Denn diesem Sprichwort muss man stets Wahrheit zugestehn:
Es werden Schwert und Freundschaft in Not erprobt sich sehn.

Untreue Freunde

Ich wil niht mê den ougen volgen noch den sinnen

Ich will nie wieder glauben den Augen noch den Sinnen.

Die hatten mir geraten, zwei Freunde zu gewinnen,
Die waren ohne Makel von außen, nicht von innen!
Da fand sich etwas Falsches, was nicht bestand die Probe.
Denn da sie schneiden sollten, da bogen sich die Schärfen.
Und war nichts andres sonst, als dies nur zu verwerfen,
So wären sie untadlig, nichts fehlte ihrem Lobe,
Dass sich vertrauend jeder auf sie verlassen könne.
O dass ich ihres Truges Merkmal doch nie gewönne.
Mich schmerzet nun der Schaden – die Schmach ich ihnen gönne!

Manneslob

An wîbe lobe stêt wol, daz man sie heize schoene

Die Schönheit mag man feiern im Frauenlobgesang,
Doch gilt es Männer rühmen, hat sie zu weichen Klang.
Man preis ihn kühn, mildtätig, als drittes möge sein
Beständigkeit im Kranze verwebt mit jenen zwein.
Wenn ihr es nicht verschmähet, so will ich's gern euch lehren,
Wie man die Männer lobet, ohne sie zu entehren.
Wollt ihr die Leute prüfen, müsst ihr ins Innre sehn,
Doch nicht nach äußerm Scheine Lob jemand zugestehn –
Gar manches Mohren Innres ist tugendreich und rein,
Und schwarz sind manche Herzen, gält es sie umzukehren!

An die Jugend

Vil tumbiu werlt, ziuch dînen zoum, wart umbe, sich!

Zieh, Jugend, straff den Zaum, sieh um dich und hab acht,
Lass laufen nicht den Sinn, eh er dich straucheln macht.
Im Herzen trachtet er nach Gütern fort und fort,
Das freut dich hier und wird der Seele Reue dort.
Sei rechten Sinns und lass dir vor dem Bösen grauen,
Und liebe Gott den Herrn, so wirst du Freude schauen.
Um Lob wirb reinen Muts, so wirst du wohl gedeihn,
Ungastlich sollst du stets und fremd dem Unrecht sein.
Dem Guten, was dich lehrt der Pfaffe, sollst du trauen –
Und deinen Wert hebst du, sprichst du nur gut von Frauen.

Minne und Kindheit

Diu minne lât sich nennen dâ

Die Minne lässt sich nennen da,
Wohin zu gehn ihr nie gefiel.
So willig in des Toren Mund sie kam,
Ihr Herz verlangt sie nicht.
Drum hütet euch, ihr guten Frauen!
Verbergt vor Kindern euer Ja,
So wird es nicht zum Kinderspiel.
Kindheit und Minne sind einander gram,
Oft wohnt bei schönem Angesicht
Ein falsches Herz, dem nicht zu trauen!

Ihr sollt erst prüfen: wie, warum,
Und wann und wo, und endlich: wem
Ihr euer holdes Ja erteilt,
Dass es der Ehre sei genehm.
Wer dieses tut, sei's Weib, sei's Mann,
Lass immer dir befohlen sein,
Das, Minne, sind die Kinder dein,
Die andern sieh nicht an!

Wahre Weisheit

Junc man, in swelher aht dû bist

Jüngling, wes Standes du auch seist,
Präg dieses Wort dir in den Geist:
Begehr zu heftig nicht nach irdschem Gute,
Doch lass dir's auch nicht wertlos sein;
Denn folgest du der Lehre mein,
So sei gewiss, es frommt doch deinem Mute!
Ich will die Rede dir erklären:
Tust du, als könnt's dir nichts gewähren,
Vergeht's und deine Lust ist tot.
Doch willst du hitzig immer nur gewinnen,
Kannst du verlieren Ruf und Ehre.
Drum folge also meiner Lehre,
Leg auf die Waage rechtes Lot
Und wäg es ab mit stets gerechten Sinnen,
Und handle nach der Mäßigkeit Gebot.

Maß im Trinken

1.

Ich trunke gerne dâ man bî der mâze schenket

Wo man mit Maßen schenkt, da trink ich gern,
Wo sich Maßlosigkeit vom Tisch hält fern,
Die Leib und Gut und Ehr verringert Knecht und Herrn.
Der Seele schad es auch, hört ich die Weisen sagen,
Das möge keinem Gast von seinem Wirt geschehn.
Trinkt reichlich er und bleibt beim rechten Maße stehn,
Mag Seligkeit und Glück und Ehr ihm draus behagen.
Drum ward uns ja das Maß gegeben und geprägt,
Dass man's gleichmäßig mess und trage – das erwägt!
Wohl dem, der's grade misst, und der es grade trägt.

2.

Er hât nicht wol getrunken, der sich übertrinket

Der trank gewiss nicht gut, der sich da übertrinkt;
Ziemt einem Biedermann, dass ihm die Zunge sinkt? –
Wer sich im Wein betrinkt, in Schmach und Sünde sinkt.
Geziemender wär's ihm, er ging auf eignen Füßen,
Statt dass er aufrecht kaum kann ohne Hilfe stehn.
Wie sanft man ihn auch trägt, 's wär besser, könnt er gehn.
Es trinke keiner mehr, als um den Durst zu büßen.
Es bleibt, wer also tut, befreit von Schmach und Spott,
Doch wer so trinkt, dass er nicht sich mehr kennt, noch Gott,
Der bricht als sündger Mensch das heilige Gebot!

Freundschaft über Verwandtschaft

Man hôch gemâc, an friunden kranc

Wer hochgesippt, doch einen Freund entbehrt,
Des Glück scheint mir nicht neidenswert,
Wertvoller ist gut Freundschaft ohne Sippe,
Und stammte einer selbst aus Königs Rippe,
Doch hat er keinen Freund – hilft das ihm sehr?
Verwandtschaftsruhm lässt sich ererben,
Um Freundschaft muss man lange werben –
Verwandter hilft, ein Freund weit mehr!

Freundes Wankelmut

Swer sich ze friunde gewinnen lât

Wer sich zum Freund gewinnen lässt
Und bleibt dabei in Treuen fest,
Dass er sich ohne Wanken lässt erhalten,
Mit solchem Freund kann man vertrauend schalten.
Einst hatt ich einen Freund erkoren
Und glaubte, keinen bessern fänd ich –
Da wies er sich als unbeständig,
So hab ich dennoch ihn verloren.

Gleiches mit Gleichem

Swer mir ist slipfig als ein îs

Wer sich mir schlüpfrig zeigt mit Eisesglätte
Und gern mit mir als Ball sein Spielchen hätte,
In dessen Händen will ich mich nicht fügen,

Und keiner soll mich drum als untreu rügen.
Denn wahrer Freund kann mich auch wahrhaft schauen,
Kann mir als treu und wankellos vertrauen –
Wer aber unstet ist in seinem Sinn,
Dem Launischen roll ich auch unstet hin!

Selbstüberhebung

Sich wolte ein ses gesibent hân

Die Sechs wollt einst hochmütig handeln
Und sich zur Sieben gern verwandeln,
Doch wer die Schranken bricht im Übermaße,
Verengert allzu leicht sich selbst die Straße,
Und muss durch schmalen Pfad die Schritte lenken.
Hoffärtge Sechs, nun wirst du eine Drei!
Dir stand als Sechs ein großes Feld erst frei,
Und musst dich nun aufs Feld der Drei beschränken.

Falsche Freigebigkeit

Swelch hêrre nieman niht versaget

Wer alles gleich gewährt aus Gunst,
Der Herr kennt nicht des Schenkens Kunst,
Er muss entweder darben oder trügen:
Zehnmal Versagen besser als ein Lügen!
Wenig versprechen, doch aufs Halten denken,
Wer's tut, wird stets für seine Ehre sorgen:
Was man an andern nicht kann borgen,
Und selbst nicht hat, kann man auch nicht verschenken!

Verkehrte Welt

Unmâze, nim dich beidin an

Verkehrtheit, nimm dich beider an:
Mit männlichem Weib und weibischem Mann,
Mit pfäffischen Rittern und reisigen Pfaffen
Magst du nach deinem Belieben schaffen,
Ich will sie dir ganz in die Hände geben:
Die greise Jugend sei dein eigen,
Und grüne Greise will ich dir zeigen,
Dass sie dir helfen, verkehrt zu leben!

Kinderlose

Er ist ein wol gefriunder man, alsô diu werlt nû stât

Wohl reich befreundet muss der sein – wies in der Welt heut geht –
Dem unter zwanzig Vettern treu ein Freund zur Seite steht;
Sonst hätte man aus fünfen leicht herausgefunden drei!
O weh dir, Welt, wie bist du heut von wahrer Freundschaft frei.
Wer dir in deinem Treiben folgt, der führe übel gar,
An seiner Seele wird er arm, weil du so wandelbar.
Wir klagten, dass die Alten tagtäglich rafft der Tod,
Wir haben Grund zu klagen heut um ganz andre Not.
Wir klagen, dass auf Erden Zucht, Treu und Ehre sterben –
Die Alten haben Kinder – die drei sind ohne Erben!

Walthers Grabschrift

im Kreuzgang des neuen Münsters zu Würzburg

Pascua qui volucrum vivus, Walthere, fuisti,
Qui flos eloquii, qui Palladis os, obiisti!
Ergo quod aureolam probitas tua possit habere,
Qui leget, hic dicat »Deus, istius miserere!«

Der du so gut, o Walther, die Vögel verstandest zu weiden,
Blume der Dichtkunst und Mund der Pallas, du musstest nun scheiden;
Dass nun die Siegeskrone dem Redlichen werde beschieden,
Bete, der du dies liesest: »Geb Gott ihm den himmlischen Frieden!«

Nach einer handschriftlichen Sage verordnete Walther testamentarisch, dass man auf seinem mit vier Höhlungen versehenen Grabstein den Vögeln Weizenkörner und Wasser zu täglichem Futter gebe. Das Kapitel des Neuen Münsters aber habe das Vermächtnis für die gefiederten Sänger in Semmeln für die Chorherren verwandelt, die ihnen alljährlich am Todestag Walthers gespendet werden sollten.

Alphabetisches Verzeichnis der mittelhochdeutschen Gedichtanfänge

Die Zählung in Klammern bezieht auf die Lachmannsche Edition.